鄰人的犯罪

我らが隣人の犯罪

宮部美幸

夏淑怡——譯

導讀

平成國民作家宮部美幸

唐諾

有一款大家常見的德國車，Volkswagen，我們音譯為福斯汽車，和同樣來自德國的雙B乃至於Audi不同，福斯車既不朝象徵社會上層成功身分的豪華大型轎車方向走，亦不往流線拉風、強調速度的玩家跑車方向試探，它的對象是一般人，隨著社會整體經濟條件成熟開得起車也有必要開車的一般人，功能的意義遠大於想像作夢的意義（「你是開一輛車，不是開一個夢」），因此福斯車實用無華，沒眩目的美學妝點，也就不收你夢想的昂貴附加價錢，但開車的人知道，這是一部好車，奠基於德國深厚嚴謹踏實的汽車工匠技藝之上，不胡思亂想，不浪費無謂的精神和力氣。幾年前，我一位對車子一竅不通的老朋友買了一部福斯的Golf車，就是那種最陽春、最笨拙、沒屁股的那一型，當時已故的汽車大冒險家小黑柯受良還在，要了車鑰匙試開了幾條街，回來跟我這位揪著心等待判決的老友講：「很不錯，整輛車感覺很『緊』，改天我也牽一輛回來玩玩。」

我們大約聽得懂柯受良這個「緊」的說法，意思是車子不會鬆垮垮的，整輛車會踏實的執行開車人的指令，有一體成型的感覺。

據說，福斯車也是修車廠最痛恨的車種，基本上它是「不必掀引擎蓋的」，耐操耐用，車殼開爛了，引擎依然強壯如昔。

如此的汽車特質，其實我們把Volkswagen一名給意譯出來，所有奧秘就當場一目了然了，它原來就是所謂的「國民車」，設計製造出來就是要給一般國民大眾所用，或者說，就是符合社會大眾的最大公約數需求而非某一兩個人的綺夢幻想。當然，這個國民是德國國民，這點很要緊。

以上不是汽車廣告，而是宮部美幸，她的小說讓我想起福斯汽車，以及遙遠某個晚上素昧平生柯受良的那段實戰意味車評。

對了，說福斯車沒眩目的美學妝點，絕不等於說它只是一堆有用但醜怪的機械，事實上，樸素也會是好看的，尤其是它的內容撐得住時，特別會給人某種專注而且耐看的有厚度美學感受、某種對工匠技藝的敬重所自然衍生的內行美學玩味（比方說符合力學的完美車身弧度、堅實的關車門聲音、或那種你好像可放心把命交給它的精純令人感動引擎聲音云云）；還有，歷史已用事實說明了，老福斯的絕版金龜車，今天意外成為普世汽車收藏家的追逐焦點。大陸的小說名家阿城旅居L.A.時，便靠組裝（或該說「復活」）金龜車貼補生活費，最後一輛紅色敞篷他留下自用，惟車停紅綠燈前，阿城講，不下十次八次總有人從車旁冒出來，忍不住的問他這輛車賣是不賣。

除了暢銷和得獎之外

宮部美幸是日本劍客武聖宮本武藏「雙刀流」型的小說書寫者，她寫現代式的推理小說，也寫傳統式的江戶神鬼傳奇故事。當然，這裡我們的關懷仍集中在她的推理小說上。

宮部極可能是當前日本最成功的小說書寫者，成功得宛如一個奇蹟、一場好夢——她本人是東京下町一個平凡偏貧窮家庭出身的女孩，學歷則讓人聯想到阿嘉莎．克莉絲蒂，只高中畢業，而後進專門學校學了兩年速記便投身工作職場，浸泡於大社會之中。一九八七年是夢開啟的一年，她處女作《鄰人的犯罪》一書拿下《ＡＬＬ讀物》的推理小說新人賞，這趟不無意外的奇異書寫旅程於焉展開，往後約十五年左右時間，她勤奮的交出了超過三十本的作品，而日本社會回報她的則更多，她的書暢銷而且得獎纍纍如秋天江戶的成熟柿子樹，這個傲人的實績總滿排勳章般掛滿她如今任一本書的封面、封底、書腰或前後摺口上。其中，她的代表作《模仿犯》一書暢銷一百三十萬冊，拿下了包括藝術選獎「文部科學大臣賞」、「司馬遼太郎賞」等六大獎項，《理由》一書又奪得「直木賞」云云，能有的、能想像的大概都收集齊全了，然而一九六〇年生的宮部今天才四十五歲，以日本女性的長壽「習慣」，開個玩笑來說，然後至少二、三十年的寫作日子要如何是好？

我個人以為有的——在宮部獲得這些林林總總的正式大賞同時，她也贏得了一些非正式但可能更重要也更有意思的頭銜，其中一個是所謂的「國民作家」，繼吉川英治、松本清張和司馬遼太郎之後。而宮部的小說內容以及因此而衍生的和廣大日本社會閱讀關係，的確顯現了如此特質，也可能是她往後書寫的真正位置和價值之所在。

說真的，大眾類型小說暢銷，大部分時候並不需要什麼特殊理由，也不見得一定得有什麼樣過人的價值，反正市場的基本需求本來就好好存在那兒，總要有人來滿足它填補它，時尚加上上帝點名的好運道已足夠說明其中十之八九了；也不一定需要事後認真追索其意義或成功奧秘，除非你是「模仿犯」、是那種絞盡腦汁想複製人家成功經驗的出版社企劃人員或眼紅的小說書寫同業，只可惜運氣和逝如流水不舍晝夜的社會集體情緒總無法一併複製云云。至於大眾類型的小說獲獎，基本上仍得看在地社會的水平而定，巴西國內的冠軍足球隊和台灣國內聯賽的冠軍足球隊基本上便是完完全全無關的兩個東西，以日本近一二十年小說創作力的普遍萎縮不振，老實講，也不見得一定唬得了誰。

每年總有書暢銷，也每年總有書得獎，光這兩者說明不了也不一定榮耀得了宮部美幸，她還擁有一些特別的東西，建構著和日本當前社會的某種特別聯繫，某種日本人可相信她足堪成為所謂「國民作家」的特質。

這裡，或許正因為宮部代表作《模仿犯》此一書名的緣故，讓我想起渥特．本雅明〈機械複製時代的藝術作品〉文中的一段話：「即便是最完美的複製也總是少了一樣東西：那就是藝術作品的『此時此地』——獨一無二的現身它所在之地——就是這獨一的存在，且唯有這獨一的存在，決定了它的歷史。」

太長的推理小說源頭

宮部也有宛如宮本武藏快刀般的一支書寫之筆，她的快，不僅僅呈現於她每年平均兩本的稱職大眾小說家出書速度，更表現在她每本書的實際厚度和內容構成，其中最極致的演出仍是《模仿犯》一書，全書原文一千四百頁，調動了四十三名有名有姓有基本來歷的人物。嚇！這是巴爾札克的小說對吧？你記憶中有哪本推理小說寫這麼長的？

也許有的，很久很久以前，久到推理小說誕生的曙光時日，比方說，威基・柯林斯的名著《月光石》。

基本上，推理小說，尤其是本格派的推理小說，的確不方便寫這麼長，因為本格推理基本上是個謎題，騰挪迴轉狡飾欺詐為的無非是讓最後的謎底驚心動魄的「抖」出來，這就是推理小說鼻祖愛倫・坡所說的，小說的全部菁華，在於「最後一行文字」。也因此，推理小說書寫者總面對著這個幾近是悖論的宿命難題，那就是在謎題的長短之際要如何最適的拿捏，如何把閱讀者壓到極限的最後一口氣又不至於讓他力竭倒地把書扔開。

但無論如何，一千四百頁終究太長了，沒有人受得了這麼長的一個謎題的。

或許正因為如此這般，身為英籍在地作家的威基．柯林斯，儘管和愛倫．坡算是同代之人而且還擁有「主場優勢」，卻只能讓來自美國的愛倫．坡拿走以英國為發源奠基母土的推理小說之父歷史榮銜。我們看《月光石》，有謎一樣的詭譎兇殺案，有精明幹練的探長，也有足夠感情上的恩怨情仇和實質上的寶物財貨讓人人可能是殺人凶手云云，該到的元素差不多全齊了，卻樣樣差了那麼一點點，沒能像愛倫．坡的《莫格街探案》那樣，清清楚楚完成了後來推理小說遵循百年的最基本類型架構。比方說，霍夫探長並未真正破案反而中途死去，因此，他沒能是負責揭露神奇謎底並解說這一切的純淨智性「神探」，他只是精明認真的警官，他的角色「功用」毋寧是要讓命案的發展更神秘更奇情更峰迴路轉，也就是說，柯林斯《月光石》的真正樂趣並不全押在「最後一行文字」，沒要蓄住全部力量好最後一拳K.O.你，更多時候它想提供閱讀者的是雲霄飛車般的上下起伏驚險享樂。

如此，我們便差堪懂了威基．柯林斯的真正書寫來歷及其關懷了——我們可從柯林斯沿狄更斯往上溯，今天的文學歷史慷慨但也公允的賦予它們經典小說的嚴肅位置，但在當時，它們是那種精采奇情纏綿緋惻的恩怨情仇小說，尤其是社會開始富裕起來、一般社會大眾有點錢了也有點閒了而且有足夠文字能力開始渴望也能浸泡其中的消遣讀物，這樣的故事通常得夠長才好，長到——長到可埋進一個星期、一個月甚或更久，長到可成為一個夢境，一個另外的世界，長到你可以放心把情感投入其中並生根發芽，而無懼它會匆匆告別你而去如變心的情人。

如此的人性需求其實有比小說更久的來歷，甚至還早於文字的誕生，這其實便是人類說故事的古老傳統；也因此，即便在現代社會中飽受各種衝擊如理性除魅、如功利主義、如人的彼此隔離和生命經驗的破碎、如人心和生活節奏的匆忙、如直接感官享樂的解放和篡奪云云，但每個社會，仍依照它自身的品味高低以及倨傲謙卑不等的心思，在尋求諸如此類可安心聽良久良久的故事（比方說台灣糟糕些，它的「國民作家」，其實是八點檔連續劇），正因為如此，才讓波赫士大膽的講：「我不相信人類對聽故事一事會感到厭倦。」

從國民作家到日本性

我個人當然知道，寫得太長，非本格派的宮部小說，在封閉的推理小說世界中有更方便的歸類方式和更現成的解釋，那就是與本格派分庭抗禮的所謂「社會派」，一如日本人把宮部視為松本清張的當代繼承者一般。

但太現成太制式的社會派既定印象及其解釋可能顯現不出宮部真正的特殊之處。

宮部的推理小說，的確有極清楚的當下日本社會現實著眼，寫的是日本宛如太平盛世當前社會底下流漾的不安和隨時可能爆發的暴戾。但做為一個後來的、基本社會問題已被寫盡的社會派推理作家，宮部並未被逼往更幽黯更乖戾、更人性邊界、更心理概念的宿命方向走，她奇特的回轉到更平實的家常世界來。她的題材全不特殊，像《理由》一書的命案便生於再常識不過的法拍屋法律死角之中；她的犯罪探索亦不深奧駭人，即使像《模仿犯》處理綁架分屍的連續殺人案，我們也沒看到多少不堪入目的東西，毋寧只是一份更詳實更盡職的命案相關調查報告，直接拿到報紙或電視新聞上亦無尺度問題，也仍是普級的，歡迎闔府觀賞。

一部小說，把時間、戲份、均勻的分配給四十三人，幾近一視同仁到宛如填寫基本資料表格的介紹他們的姓名、職業、年齡、相貌特徵、家庭背景和學歷出身，所有的獨特個人就全隱沒了，剩下的便只是社會身分、社會人格和社會位置。原則上，這是一種很「冷」的小說書寫方式，閱讀者只能用理性和它打交道，很難以感情相搏，因為你找不到一個實體的人可堪為感情用事的焦點，跟隨他的境遇跌宕起伏，因此以暢銷為著眼的類型性大眾小說特別不合適採用。

然而，我個人以為，恰恰好因為宮部小說如此違逆著普世的、無國界流行小說、流行戲劇的基本感情用事通則，才讓它們從滿街都是的流俗作品中清楚脫穎出來不是嗎？恰恰好因為它們乍看不合適暢銷而事實證明居然熱賣如此，才特別讓我們驚覺到有特別的事發生不是嗎？

「國民作家」這個稱謂，沒弄錯的話應該是日本人搞出來的，它至少包含了兩個面向的意涵：對外的隔絕斷裂和對內的普及一致，這個內外背反的特質統一成某種「日本性」。暢銷只是它對內的面向，暢銷作家多矣，一個暢銷作家並不自動等同於每一個年代只此一個名額（或甚至從缺）的所謂國民作家，一個作家可被視為代表得了整個日本社會、日本國族，他必定和此一社會此一國族有某種特殊、深沉、到難以取代的情感聯繫，一定得觸到他們某一根重要神經，暴露出他們集體而又不同於其他社會國家的獨特心事，因此，暢銷僅僅是一個必要條件而已，或更明確來說，一個結果，一個事後的證明。

我幾乎敢於斷言，一個日本人在宮部小說中所看到的、或油然感受到的東西，一定要比我們這些「異國人」要多得多。對他們日本人而言，宮部小說不會真的像其書寫方式所顯現的那麼理性那麼冷，宮部走馬燈般以一個個社會角色（隨機牽扯抽樣而非典型設計）串起或說編織成的群體圖像，對我們而言或許是某種理性觀看思索對象、是教科書上的東西，可對日本這個古怪社會而言，這不但是他們此時此刻活生生的現實，還可以是某種情感實體，是他們念茲在茲幾十年上百年以至於早已變得比單獨個人更具象、更有情感而且更得去保衛的東西，對日本人而言，個人可以而且總是面目模糊的，個人甚至是可犧牲的，單獨的日本人，就跟生物學者講單獨一隻蜜蜂或螞蟻一般，是不能存活的，更是沒意義的。

流汗的感覺

時至今日，日本理應算是個老牌民主國家了，但奇怪民主社會ＡＢＣ的基本個人價值乃至於相關的權利及其自由空間一直不發達，它的「群體感」仍重重壓著個人，這個國家強大到近乎野蠻的力量總是通過集體來展現，在合適以群體來尋求的事物上積極有力到充滿侵略性（如過去的軍國拓展到現代的經濟拓展），但相對來說，它的個人卻是壓抑的、萎縮的，適合個別獨特心靈創造的東西，總是和其國力、富裕程度、教育教養程度極不相襯的貧弱不堪。

偶然某個個人奇蹟般冒出來，比方說寫小說而且獲頒諾貝爾獎的大江健三郎，然而在為日本爭得巨大榮耀同時，日本即便是嚴肅的文學界仍是五味雜陳，他們始終咕噥著大江是徹底的西化之人，沒有日本味云云，全不理會大江小說遠遠越過當前日本任何小說書寫者一個層級以上的基本文學事實。

即便在文字共和國的世界中，日本仍執拗的固守著他們窄迫的現實國族界線，並依此建構他們獨特的文學評價方式，他們忘不掉的典型仍是吉川英治、是司馬遼太郎云云，很少有哪個國家哪個社會肯把如此通俗類型的小說家推上如此崇隆的位置。有嗎？

宮部小說的異常高評價一部分得益於此，但有趣的是，做為平成世代的國民作家第一候選人，宮部小說的「日本性」卻逐步從傳統的江戶走到此時此刻的大東京都會來，這可以是深具意義的一步，也可能埋藏著某種意外的顛覆性於其中。總而言之，宮部小說中的「日本性」已不再是有安全玻璃框保護的既有歷史遺物、是已然完成不再變化的東西，她寫的可不再是如今全安心躺在遠方高野山墓地裡的昔日戰國群雄（極有趣的全日本第一墓園，日本巡旅僧的步行終點，我們從大阪難波站搭南海電鐵兩小時車程可到，有空該去看看），而是東京街町上、住宅區裡仍認真辛苦活著的人們，一般庶民。

如同宮部小說所顯示的，這裡樓起樓塌，人們從這個社區搬遷到那個社區，大人轉業離職，小孩跟著這學校換到那學校云云。這是流動中變化中瓦解同時建構中的不確定世界，誰也阻止不了它，包括那些對「日本性」已有不變結論的焦慮之人，它會有自身獨特的歷史，如本雅明講的那樣——因此，與其過度強調那種「異國人立入禁止」的、已封閉成某種執念、某種準拜物教的日本性，不如講本雅明的「自身獨特歷史」，這讓它得以置放回普世大變化世界的遼闊經驗背景之中，銜接回人類共有的際遇和思維，我們於是進得去也讀得出，更重要的是，這才是事實真相。

波赫士說：「民族性只是一種幻想。」這話說得凶了些斬釘截鐵些，但不失為有益的忠告。

因此，宮部平平實實外表的小說，或許我們能看到的，感受到的東西不如日本人多，但也沒想像中的少——更何況，多出來的那些有一部分極可能只是日本人一廂情願想像出來的。

對這位猶年輕、仍有大把書寫時間在手的日本新一代國民作家，我個人帶著期待的想像，不會是另一個吉川英治或司馬遼太郎，而是另一位用影像書寫的美好國民作家山田洋次，前些時日台灣才默默上演過他的新片《黃昏親兵衛》，而他更代表性的當然是號稱電影史上最長系列電影的「寅次郎」，有四十幾部之多——流浪漢的寅次郎，家裡是柴又下町帝釋天廟前表參道旁的賣丸子店（其實是有名的高木家老鋪），而不事生產、低級趣味但溫暖而高貴的車寅次郎卻隨風流浪日本各地，擺地攤、談永遠不成的戀愛、欠旅館費和酒錢由故鄉他美麗聰明的妹妹車櫻負責償還。他的那頂帽子、爛格子西裝加那只破皮箱早已成為日本的文化獨特符號，幾乎每個日本重要女演員都演過這個系列電影，日本人還說，每年不看一部寅次郎電影，感覺這一年好像還沒過一般。

山田洋次是最日本的導演（除了早已故世的小津），但他的耿耿信念和文化教養卻是左翼的、平等大眾的，因此，他的日本性不閉鎖不狹隘不神經質到令人不舒服，他的群體感開闊無比，如寅次郎招呼鄰居印刷廠工人的口頭禪：「勞動者諸君」，在其間個人是自由的有尊嚴的，像電影中這位「風一樣的阿寅」。

可惜扮演寅次郎的渥美清過世了，已成絕響。

我會不會對宮部美幸賦予太不切實際的期盼呢？但我一直喜歡也一直記得她的一句話，這位深川庶民出身的女孩說：「對我來說，做一件工作，一定要流汗用力，才算是工作。」

但願如此。

目次

鄰人的犯罪

1

六月中旬，我們終於開始自力救濟。

我叫三田村誠，是中學一年級學生。在校成績、身高都屬中等，不過成績從後面倒數回來、身高則是從前面數來比較快。有時覺得兩者如果倒過來會比較好，但還不至到很煩惱的地步。

我和爸媽、老妹智子，一家四口住在距離東京都心、搭電車約三十分鐘左右的集合住宅「太陽神公寓大町台」。這裡共建有六棟可供三代人入住的美式公寓，我們住在其中的第三棟樓中央。

我們大約半年前搬到這裡。當時由於爸媽決定離開共事的電腦軟體開發公司、自行創業，所以必須搬出公司的宿舍。爸媽每星期買回一本看似十分厚重的住宅情報誌，老拿著奇異筆圈尋好的房子。

我們這家人的運氣不太好。爸媽雖然向東京都內新蓋的公寓一一提出申請，但全部沒有抽中，不得已只好將目標轉移至中古屋，也好幾次和相中的房子失之交臂。這段期間，我開始對爸媽的能力產生懷疑。他們的運氣如此背，真能在競爭激烈的軟體業界立足嗎？

總之，我們終於在「太陽神公寓」這裡安頓了下來。這裡當然是中古屋，聽說之前的一家人才住了半年就脫手轉賣。仲介商解釋緣由，說是屋主換工作的關係，絕非什麼命案之類的凶宅。爸媽立刻付了訂金——應該和之前老嚐到苦頭的體驗有關。不動產要順利弄到手，動作要夠快吧！——隔天就簽約了。於是太陽神公寓第三棟樓中央的房屋成為我們的新家。

看了住宅情報誌之後，我只覺得很驚訝，上面刊出那麼多的物件，每個個案都還是會有買主出現。每次要是認真看個三頁，我的眼睛便感覺疲倦異常，然後從那些細長的表格、字裡行間，好像就會聽到「想要房子、想要房子、想要房子……」的喃喃聲不絕於耳。這種感覺比傳聞的怪談還要恐怖。

我們一家人在搶到房子、決定要搬進太陽神公寓時，有點莫名的沾沾自喜。再怎麼說，這裡最大的好處就是到都心只要三十分鐘的通勤時間，而且，我們住的第三棟與緊臨的一座小型自然公園又只有一道柵欄之隔，從窗戶望出去，覺得有點像是居住在綠意盎然的山中小屋。當時一家人的感覺是：我們終於也有時來運轉的一天！

可是——

我們右邊的鄰居是一位名叫橋本美沙子、三十歲左右的女人。剛完成搬家的敦親睦鄰活動時，老爸說道：

「這裡的房子全都是出售的吧？就算是辦貸款，一個單身女子靠自己買房子還是很了不起呢！」

老媽卻有點鄙視地對他說：

「她才不是靠自己！這怎麼有可能嘛！」

沒錯。橋本美沙子是住在別的男人買給她的房子裡，即使我不像老媽那麼敏銳，在看到有個體格不錯的中年男人經常進出隔壁後，也會明白是怎麼回事。

起初，爸媽知道了還擔心我和老妹會受到不良影響。其實沒那麼糟，電視、雜誌上報導過更多更驚人的事情。鄰居有一、兩個「特殊關係的人」，多少會引起我們的興趣，但還不至到「危及身心健康發展」的地步。

只不過，眼見爸媽為了養育我們兄妹、經營公司、繳房貸而總是負擔沉重，相較之下，那位平日只在夜晚或是週六下午開著賓士車前來與愛人幽會、從容不迫消失在門那一端的發福歐吉桑的確使我想得很多。

總之，世上總有些不公平的事。雖然老師、父母一再諄諄教誨「一定要努力，只要努力便能獲得回報」，但我始終沒把這些話放在心上，因為大人的生活中實在充斥著太多不公平的事了。也難怪一些認真看待「只要努力一定能獲得回報」的人，長大成人後一旦放棄自我，便會做出為了要和高薪男人結婚而殺掉自己舊情人，並把屍體裝進行李箱中丟棄之類的事。

所以說，我並非不尊敬我爸媽。我甚至覺得我爸媽，以及能夠在充斥這麼多不合理事情的世上拚命工作的所有大人們都很偉大。但是，如果在大人面前談論我的想法，肯定要挨一頓好訓，我只好保持緘默。

不管怎麼說，在太陽神公寓困擾我們的，倒不是橋本美沙子本人。

橋本養了一隻狗，是全身雪白的狐狸犬，名叫咪麗。如果是其他情況下看到這隻狗——例如，在馬路上散步，或是在超市被飼主抱在懷裡——頂多稱讚牠好可愛就夠了，但對我們這些鄰居來說，真是拿牠沒轍。剛搬來的時候，連只住一晚的祖母都直言大罵「隔壁那隻臭狗」。

牠真的非常吵。

咪麗一旦開始吠叫，總令我想起老戰爭電影中的機關槍——絕不是那種現代電影中出現的智慧型火砲、脈衝步槍般的聲音，而是更尖銳的響聲。就算斷斷續續的，牠可是經常吠個不停。真不知牠哪來那麼多精力吼叫。

連飼主本人都會覺得煩吧！這是我們一家人剛開始詫異聽到牠吠叫聲的感想。我曾想過，也許橋本小姐是聽障人士，為了小心門戶得養隻看門狗。但這麼善意的解釋，也在某天我直到深夜都還聽著向朋友借來的ＣＤ，隔著牆壁聽到她無趣地斥喝一聲「吵死人了」

時瓦解了。

對方真的在飼養牠，所以從不認為牠是隻惹人厭的狗。

我爸媽——雖然由我來說有點奇怪——是非常認真的人，他們即使要跑去抱怨咪麗惱人的叫聲之前，也一定會先確認好管理規則。也不知是否故意不讓人看到，我們的管理規則上最後才出現一行芝麻般的小字：「原則上禁止飼養寵物」。

在我想來，這是當然。美式公寓乍聽之下感覺不錯，但只不過是西式長廊屋（這是老爸對親戚說明新居時的用詞，當時我也才懂了該名稱的意義），一大棟建築以內牆隔間，供幾戶家庭住，所以在中央的住戶不僅是外牆、屋頂，連內牆都和兩側的鄰居共用。就傳音效果來說，和一般大樓公寓一樣，或許還更嚴重，因為美式公寓連屋頂內的空間都是相通的。

不過，「原則上」的但書通常是徒具形式的。爸媽試著鼓足勇氣跑去找管理員控訴，但他的回答是，規定上確實禁止養寵物，但對於搬進來前就飼養的寵物，總不能叫人家丟掉或殺掉，所以只好准許。如果真的造成麻煩，那麼請你們自己用常識和良知的判斷，設法找鄰居圓滿解決。聽到管理員這麼一說，爸媽兩人的血壓同時升高地悻然而歸。之後，他們直接找美沙子抱怨，也只是讓血壓飆得更高而已。

住在我們左邊的田所夫婦，沒有小孩，他們經營幾家喫茶店而經常不在家。儘管如此，咪麗吵人的叫聲透過屋頂空間的共鳴，好像也讓他們很苦惱，我就曾看到爸媽偶爾和田所夫婦皺著眉頭在交談。據說，田所家交涉咪麗的事也同樣碰壁失敗。

大家都找不到解決的出口。

說起來美沙子飼養寵物的方式也相當怪異。

她從不帶咪麗出去散步。一次也沒有過。咪麗根本是「室內犬」，牠惱人的叫聲一概透過牆壁清晰傳遞。美沙子去購物、上美容院、打網球時（她好像是附近網球俱樂部的會員），怎樣處置咪麗呢？她只是把牠留在家裡，然後鎖上門便出去了。咪麗能接觸到外面的空氣，一個月只有一次，也就是美沙子帶牠上寵物美容院的時候。就連這時候，咪麗都還是被裝進提籃裡，放在美沙子藍色奧迪轎車的後座上。

美沙子把咪麗當千金小姐飼養，經常讓牠戴著華麗的項圈、穿著衣服。

她還經常對牠說「小咪麗真是好孩子呢」之類的話，一旦咪麗開始狂吠回應，更可以聽到她哄嬰兒似的說話聲。有一次老爸竟然說，「可以試著餵咪麗吃些安撫嬰兒哭鬧的藥，治療牠的夜吠吧？」我認為還是不要這麼做得好。因為，美沙子可能會信以為真呢。

「完全是壓力的關係。」

毅彥舅舅為慶祝我們搬家來吃晚餐時，聽了咪麗的叫聲後這麼判斷。

這個舅舅是老媽最小的弟弟，去年總算大學畢業，現在在東京都內一家中等規模的私立醫院事務局上班。每當過膩單身外食生活、得自己煮飯時，他經常跑到我們家來打牙祭。

「為什麼是壓力的關係？」我問。

「如果把你一直關在家裡，你也會變成這樣！你一定會大聲喊叫或唱歌。狗也一樣，運動不足加上壓力的累積也會導致牠們吠叫。聽牠歇斯底里的叫聲，我的判斷一定沒錯。是什麼品種的狗？」

我一回答是狐狸犬，舅舅立刻「嗯」了一聲。

「這種狗最會叫了。牠們原本就是養來看門的，所以叫聲又響又吵。最近比較流行的寵物狗都是安靜的小型犬，還在飼養純種狐狸犬的，日本好像沒剩幾個地方了。」

舅舅的話聲未了，正好被咪麗一陣刺耳的狂吠聲掃過，聽不太清楚。

「真是有夠吵的。」舅舅訝然瞪著牆壁說。

動物就字面意思可以寫成「會動的東西」，所以運動是必要的。舅舅這麼教我們之後，隔天我從學校回來，算準美沙子小姐要外出的時候，便盡可能裝出一副乖巧可愛的男孩模樣試著問她：

「阿姨，我很喜歡小狗，想偶爾帶咪麗去散步，可以嗎？」

但她只回瞪了我一眼。

之後我反省，該不會是稱她為「阿姨」不妥當吧！但已經太遲了。

我們決定將咪麗「終結掉」的那一晚，舅舅又來我們家。咪麗仍然肆無忌憚地狂吠。

「你們還真能忍啊……老姊和姊夫難道沒去申訴一下嗎？」舅舅問。

那晚，老爸加班還沒回來。過了七點才回來的老媽，眼袋明顯出現黑眼圈。就像我一直擔心的，此時正是爸媽在軟體業界奮鬥得最辛苦的時候。根本不能指望會像電影經常出現的情節一樣，在快結束時戲劇性地出現援軍。仔細觀察他們倆的眼眸深處，我似乎可以瞧見「超載」的字眼在閃爍著。

停下洗碗的手，老媽模仿比自己身材高䠷、優雅的美沙子翹臀的模樣，還故意歪頭用假音說：

「養狗是個人的自由吧？」

舅舅苦笑一聲。

「沒什麼好笑的！」老媽用力扭緊水龍頭關水。這個動作充分表現出她想掐死那女人和那隻可恨的狗的心情。

「我老是睡眠不足，而且那隻該死的狗一開始吠叫，連接個電話都聽不清楚對方說些什麼。看電視也一樣。總之，一天二十四小時不分晝夜地飽受轟炸。」

「連生理時鐘都亂掉了！」舅舅說道。

「壓力的關係嗎？」我問。舅舅點點頭。我因此心想，要是老爸和老媽到了晚上變得很愛大吃大喝的話，就非得注意不可了。看來他們兩人承受的壓力不輸給咪麗。

「雖然塞了耳塞睡覺……還是沒用。早上一起床，就覺得腦袋裡像是棉花塞住一樣，悶悶的。」老媽坐在椅子上揉起太陽穴。

「小誠，你們也塞耳塞睡覺嗎？」舅舅問，我搖搖頭。

「智子會頭痛，所以討厭這麼做，而我睡前都戴著耳機。」

「這樣不好……會重聽喲！」

「你看吧！」老媽說了。

「可是，總比咪麗的叫聲好吧！也不會形成壓力。」

「智子的情況怎樣？」舅舅轉身面向老媽，壓低說話聲音。

我老妹智子身體虛弱，雖然才唸小學五年級，但經常請假，從一年級開始到現在，上課日數比一般的四年級學生還少。

智子現在還在二樓的房間躺著睡覺。體弱多病的小孩不只會對父母撒嬌，自己也會因此覺得相當丟臉，所以，一旦背地裡聽到父母親嘟噥著「又發燒了，真傷腦筋」之類的話，他們會覺得很受傷。或許舅舅還沒為人父母，反而能懂得孩子的某些心情。每次一談起智子的事情，他一定會壓低聲音。可是，老媽還是用同樣的嗓門回答：

「今天她還有點發燒，又沒去學校了。」

舅舅的顧慮完全白費。

「嗯……老姊，要不要帶她去看一下心理醫生？」

「心理醫生？」

「嗯。總之，『病由心生』。以智子的情況來說，我覺得她不想去上學也許有其他原因，才會使得她出現輕微發燒、肚子痛的症狀。要治好她的病，光看普通內科是不行的。現在有種包括心理諮商的治療，我們的醫院也有開設，如果可以的話，要不要帶她去看看？」

老媽托腮靠在桌上想。

「這樣啊……」她苦笑地看著自己的弟弟。「健康保險有給付嗎？」

「嗯——啊，大概吧！」舅舅的回答竟然支支吾吾。「我想，應該沒問題吧。」

「說實在的，我們已經夠受的！」老媽嘆了口氣。「我們似乎太早自立門戶……現在要後悔也來不及了。」

這時咪麗又開始狂吠。

「無論如何都要修理一下那隻可惡的狗！不然成天只有頭痛而已。」

「你們買錯房子了啦！有考慮找其他的房子搬家嗎？」

「你說得倒簡單。我們和你這種沒負擔的單身漢可不一樣。現在孩子正是花錢的時候，還有大筆貸款要繳，哪那麼容易……」

話說到一半，老媽突然想起一旁的我像坐在網球場上正靜靜地聽著他們談話。她的眼中掠過一絲（讓小孩知道家裡的經濟狀況是教育上所不樂見）的教訓意味，嘴角擠出笑容。

「啊，算了。過幾天我再想一想。」

之後，舅舅邊嚷嚷著「喂喂，我們的小公主好嗎？」出現在智子的房間，和她聊些學校、醫院發生的趣事。其間一度傳來咪麗的叫聲。智子摀住耳朵、蒙上被子，舅舅用「她總是這樣的反應嗎？」的眼神看我。我點頭回應（一直都是這樣）。

「就連在二樓也魔音穿腦呢。」舅舅握拳輕敲著薄薄的牆壁。智子房間的壁紙是粉紅色的，上面有許多可愛的無尾熊花紋。舅舅說，想必這些無尾熊也覺得很吵吧！

舅舅在智子的房間待了三十分鐘左右，離開前幫她量體溫。三十七度五。智子很不舒服的樣子，眼神呆滯。

「我還在發燒吧！」連聲音也沒元氣。

舅舅甩著體溫計一本正經地回答說：「才沒有呢！一百度而已。」

他對憋聲咯咯笑的智子道晚安後，接著走進我的房間。咪麗一開始吠叫，他便皺起眉頭。

「哪次也踢踢牆，罵牠吵死人。」

「早踹過好多次了。」我回答道。「老爸和我都踹過。連老媽也用拖鞋K過牆壁呢。之前，老媽還氣得把剛買回來的蛋盒往牆上摔。」

舅舅仰天大笑。

「老姊就是那種火爆型的人。」

「很慘吧！我們全家總動員欲除之而後快。總之，抱怨好幾次也沒效，反而還挨對方的罵。」

「隔壁那女人罵你們？」舅舅很驚訝。

「才不是哩，是她老公。」

舅舅吹了聲口哨。

「怎麼，也就是隔壁單身女郎的——」

「沒錯，特殊關係人。」我回答。這個說法是舅舅看了電影《查稅女郎》（編按：日本知名導演伊丹十三於一九八七年所導的喜劇片，八八年再推出續集）後教我的。在稅務署裡，這好像代表「愛人」的意思。

「怎樣的傢伙？」舅舅翹翹大拇指問道。我們直接坐在地板上，像是兩個大人一般地小聲聊八卦。

「不常見到，但人很胖，長得又不英俊。愛人只要頭腦好就夠了，是嗎？」

「男人有這個就夠了。」舅舅把拇指與食指圈成錢幣的樣子。

「做什麼生意的？近來，上班族根本當不了特殊關係人。」

我想了一下。對隔壁屋主的了解，我主要都是無意間聽到老媽從附近鄰居打聽來的，所以不太有把握。

「什麼不動產商之類的吧……」

「果然。」

「好像還擁有遊戲機製造公司。」

「我就說嘛。」

「謠傳他還經營色情賓館、土耳其浴喲！」我一臉認真地說。「搞不好舅舅你還去光顧過一、兩次呢？反正他事業做得很大就是了。」

「看情況，有可能哦。他也算是小有分量的人物囉。」

「總之，是有錢人，錯不了的。」

舅舅哼著不成調的歌，陷入沉思。我盤腿坐著，像不倒翁一樣左右搖晃身體。

「那麼，要不要試試看？」不久舅舅說道。

「試什麼？」

「自力救濟啊！」他翹翹大姆指，這次和剛才的意思不一樣。「偷走她為了排遣寂寞而飼養的寵物，雖然有點過意不去，但她應該還有其他排遣方法……」

「我倒覺得咪麗才該解悶哩！」

「說得也是。那就沒什麼好顧慮的啦！」

「要怎麼做呢？」

「綁走咪麗，替牠找個更好的飼主啊！」

這回換我吹口哨。

「可是，哪那麼容易找到新飼主？」

「其實，我們醫院裡有位患者很喜歡狗。他真的是愛狗人士，而不是那種只帶狗上美容院、洗澡、修修指甲，或是只替狗取暱稱的人，他會常帶狗去運動，固定時間餵狗，即使不是什麼有血統書的狗，他都會好好飼養的。我才和他提到一點這裡的情況，他就表示，不如假裝撿到流浪狗，把牠帶去他那裡養好了。」

「他會保密？」

「當然。」

想到沒有咪麗的生活，我不禁露出微笑。「那太棒了。」

舅舅說，其實做法很簡單，只要趁美沙子外出、留咪麗在家裡時，便可以進行。

我搖搖頭。

「用嘴巴說的簡單，根本不可能。那女人出去時，門一定緊緊鎖上。要怎麼潛入她家呢？」

「這個嘛！」舅舅摸著下巴看我。

「你剛搬來這裡時，不是說過屋頂內的空間可從這頭直通到那頭嗎？」

沒錯。老媽要我整理自己的舊衣物時，我突然發現二樓房間衣櫃上厚約七公分的天花板，可以輕易由下往上推開。我踩著衣桿爬上去看，昏暗的天花板裡左右兩邊暢通無阻。

雖然裡面的高度有一公尺左右，但因為屋頂是斜的，如果不像嬰兒一樣用爬的，根本前進不了。

「就是啊，所以傳音效果一流的。這就好像通行天花板裡的管路一樣。」

「太過分了。這樣的建築物，萬一發生火災就慘了。一般防火牆一定要蓋到天花板上才能產生阻隔作用，這是法律上有規定的。」

「那麼，這裡是偷工減料蓋成的囉？」

「沒錯。當初一定浮報了些工程費，落入了某人口袋裡。你們可說是吃了大悶虧。」

哼！

我再次望著天花板和其上的空間。

該蓋的東西沒蓋好就完工了。大人們還真是什麼事都做得出來啊。

我不停地眨著眼睛，舅舅顧自一笑地說：

「不過呢，小誠，聽清楚喲，」他挨近我說道。「這樣反而對我們這次的行動很有利！如果能從衣廚的天花板爬過去，那豈不是只要掀起某塊天花板就可以進到隔壁家了？」

「等等！」我的心跳突然加速。為營造當下的氣氛，我竊竊私語。「買下這裡時，我們有拿到房子的平面圖，還有房子完工出售時的宣傳手冊，都是前一任屋主給我們的。老媽應該放在某個地方，不過……」

「好，我去找她拿。有沒有什麼好藉口？」

「為什麼？這件事不能跟爸媽說嗎？」

舅舅露出和剛剛逗智子笑時一樣詼諧又認真的表情，一邊對我招手，同時把臉湊過來。

「首先呢，這種犯罪的事有女人加入就糟了。她們最多嘴了。」

「那老爸呢？」

「嗯……姊夫嘛……他這個人太過認真了。我想，如果是堂堂正正向鄰居抗議，他一定會贊成，可是如果是商量這種自力救濟的方式，他八成會反對吧！更何況他已經忙得不可開交了，我們就別再讓他傷腦筋了吧！」

我回想，老爸好幾次倚仗「社會常識」前去和鄰居交涉，回來時卻總是更光火的情景。

「的確。老爸是只投直球的投手。」

「沒錯。他根本不會投變化球！」

「還有，智子怎麼辦？一過了兩點，她會從學校回來，說不定她還從早上就請假在家呢。」

「那孩子也別讓她擔什麼心。如果她請假在家，我就先說好要過來玩。所有的事都在你房間裡完成，她察覺不到什麼的！」

「這麼說，只有我們倆執行囉！」我有點渾身發涼。

「打血印發個誓吧！」

舅舅敲了一下我的頭，走下樓去。沒多久他回到房間時，手裡拿了個透明的檔案夾，可以清楚看見裡面有平面圖、宣傳手冊。

「你怎麼跟老媽說的？」

「我說我想拿來研究，看哪裡加點隔音材質可以有點效果。」

手冊中詳細記載了每棟樓的隔間設計。太陽神公寓奇數棟和偶數棟的隔間不同，同一棟當中三戶都是同樣的設計。「先勘察一下吧！」我把隔間圖牢記在腦海裡。由於左鄰右舍的隔間設計和我們家的一樣，就算搞錯了距離，從衣櫥上的天花板爬進屋頂內的空間勘察，應該不是很難吧？

既然決定了，早點進行比較好。這樣也可以早日睡個好覺。

「美沙子必定外出的時間，是禮拜一、三、五的下午。她會去打網球。我曾經看過她傍晚五點左右開車回來，球拍就放在車後座。」

舅舅翻查他記事本上的工作空檔時間。

「那就這個禮拜三的下午如何？打網球通常是一個半小時到兩個小時。加上往返的時間，至少要兩個半小時。這麼看來，隔壁那位特殊關係美女應該在兩點半的時候外出。」

「那我們就兩點家裡見。」我原本打算在牆上的月曆做記號，後來改變主意，悄悄記在學生手冊上。

「帶咪麗經過屋頂內、然後將牠裝進什麼運出去時，牠一定會叫個不停，總得想個辦法，否則會被附近鄰居發現！」

「給牠打點麻醉劑囉！」

這件事就包在我身上，舅舅說。

這天是我搬到這裡第一次因為咪麗噪音以外的原因而失眠了一夜。

2

隔天傍晚，從學校回來，一看見美沙子外出購物，我很快開始勘察的工作。

我的房間有許多雜七雜八的東西，全放在不該放的地方。床上堆滿衣服，桌上疊著應該擺在書架裡的書，書架上則放進應該用繩子綁好、放在地板上等著拿去換衛生紙的雜誌。雖然不知不覺就變成這副德性，老媽卻很看不慣，我因此經常挨罵。

我先將房門鎖上，把床上的衣服集中到一邊，再將衣櫥裡的東西依序拿出來放在床上。畢竟平常都是老媽整理衣櫥的，如果沒有弄好，立刻會露出馬腳。

衣櫥騰出空間後，我拖出兩個平常收在床下、裡面裝有防蟲劑的收納箱，把它們疊放在騰出來的地方，剛好可當踩腳凳。

接著，我從抽屜取出昨晚在舅舅回去之後才花時間做好的「量尺」——說穿了也只是一條將包禮物的緞帶、麻繩和塑膠繩連接而綁成的細繩而已——再拿著從樓下的倉庫中找出的手電筒，在左手背上貼滿剪好的一段段膠帶，再將一把美工刀塞進褲子後面口袋。

一爬上昏暗的屋頂內，立刻感覺像是進入木製管子內，教人有點迷失了方向。我閉上眼睛讓心情平靜下來，腦海裡回想一遍之前看到的設計圖後立即行動。細繩的一端我先用膠帶黏在拆下來的天花板邊上，左手鬆鬆地握著纏收起來的繩圈，每往前爬一步便緩緩放鬆一段。如果我用撐在屋頂地板上的右手拿手電筒，那麼前進時一定會發出叩咚的聲響，多虧老媽在手電筒上加了一個繩環以便可以將它掛在倉庫裡，這使我得以將手電筒掛在胸前。但燈光隨著我身體的前進而搖搖晃晃，以致自己看起來就好像是一個現身屋頂裡矮小、搞怪的幽靈。

連接起來的細繩繩長是依設計圖推算，剛好足以拉到隔壁衣櫥的長度。所以我只要小心前進即可。其實在灰塵密布的昏暗空間內匍匐前進，我的腦海裡只能想到，這真像是電影中的「大逃亡」場景。

當繩子鬆到末端時，我跪在地板上稍稍喘息。我拿起胸前的手電筒照向地板，發現一條如線般細長的接縫，我試著用美工刀插入其間。刀子雖然插得進去，卻也很快就拔出來了。原來，天花板由下往上推開很容易，但要從上面掀開來卻很費勁。（沒有舅舅說的那麼容易。）

我擦擦汗想了一下，應該利用特強膠帶。於是我沿著繩子的來時路線爬回去。一回到房間，我拉開書桌抽屜東翻西找，好不容易在插了剛用的原子筆、螢光筆的筆筒下找到要找的東西。

附有膠帶的壁用掛鉤。

我拿了兩個放進口袋，心想光用貼的或許很快就脫落了，便將強力膠也裝進口袋。

接著又再一次「大逃亡」。

屋頂裡到處是灰塵。髒的地方膠帶是黏不住的。想著老媽一直以來的辛勞，我拉出襯衫下襬，把地板擦乾淨後黏上掛鉤。

我向上使力拉起。天花板有點抗拒著，掛鉤的黏膠眼看就要嘎嘎脫開。這時候慢慢地掀開來了。

先是聞到防蟲劑的味道，跟著就瞥見銀色衣架。賓果！真的是衣櫥的正上方。

我小心謹慎地將天花板恢復原狀，並再次拉拉看掛鉤，確定它沒問題。

一切ＯＫ了。

當天。

為了趕在兩點到家，我找了個理由順利從學校早退。為免老師突然望向窗外瞧見聲稱自己頭疼得要命的學生拚命在跑步而起疑，我皺著眉頭、蹣跚而行，直到過了一個轉角，完全看不見學校了，才開始快跑。

一直跑到離家不遠的地方我才放慢腳步，調整呼吸，慢慢繞往庭院。從磚牆低矮、籬笆間隔等距的庭院外，可以瞧見在一樓客廳活動的美沙子。隔著蕾絲窗帘，她的身影朧。她一下子走進裡面，一下子走到窗邊，一下子又把手伸進放在沙發上的提包內掏東西。咪麗也發出叫聲。

一如預測的情況，智子這天也沒去學校。她聽到腳步聲，走出房門，看到我這麼早回來覺得很驚訝。

「怎麼啦？」老妹蒼白的臉色不輸身上的白色睡衣，一副不舒服的模樣。

「老師感冒沒上課啦！」我走進廚房，倒了杯水一口氣喝光。「你還沒退燒吧？快去好好睡個覺。」

將智子趕進房間之後，我脫下學生服換上T恤和輕鬆的棉褲時，門鈴響了。恰好兩點整。

舅舅一點也不像我那麼緊張。只不過是從一個沒常識的飼主手裡解放一隻不走運的狗，或許沒什麼大不了的。

「這是什麼？」我伸手接過舅舅手上提的一個小型皮箱大小的籐製提籃。

「用來裝咪麗、拎到車上的，我拿不到那種時髦、外出攜帶用的寵物提包。」舅舅反手關上門。「智子呢？」

「在她房裡。」

我們兩人上樓的時候，又聽到咪麗破鑼嗓似的叫聲。

「隔壁的女人還在嗎？」

「嗯。不過，從我或智子房間的窗戶看過去，可以馬上知道她何時要出去。」

舅舅打扮和平常不一樣，圓領T恤和舊的破牛仔褲。為了要爬上屋頂裡吧！看他這副裝扮，我的心裡七上八下。畢竟我們是在擅闖民宅！

這可是和臨時帶走附近的狗不一樣。

舅舅到智子的房間，很舒服地坐了下來，我只好不停在自己和老妹的房間之間往往返返，從窗戶偷窺隔壁的動靜。兩點十五分，美沙子外出，我看著她鎖上大門。咪麗一見她出去，開始狂吠。

美沙子以輕快的步伐走向停車場。我不自覺地咬指甲，目送她開著藍色的車子出了社區大門離去。

我強迫自己冷靜下來，回到智子的房間。

「舅舅，」轉開門鎖，我探身進去。「爸媽要到傍晚才回來，你會待到那時候吧？可不可以來幫我看一下功課？今天老師沒來上課，出了很多習題。」

「好啊。」舅舅答道，跟著他隔著棉被砰砰地拍拍床上的智子。「那智子，你小睡一下吧！」

「晚安。」老妹很天真地回道，隨即把頭端正地靠在枕頭上，閉上眼睛。

一走出通道我說，「她剛剛出去了喲！」

「好，那我們開始吧！」

進入房間，我立刻鎖上門，向舅舅說明先前勘察的情況。

「嗯……幹得好。」

「我是模仿電影的啦。」

「勘察得那麼清楚，連記號都做了，這次換我上去就可以了。你待在這裡，等著接咪麗吧！」

舅舅從我零亂的房間中找到擺籐籃的空間。他打開籃子，從裡面取出一個裝有白布的塑膠袋。

「這是什麼？」

「麻醉劑，用來麻醉咪麗的。我私底下好不容易才從藥局弄到手。」

雖然和我先前勘查時一樣要把衣櫥中的東西拿出來，但這次不需要墊腳的東西。舅舅只靠臂力就上了天花板，我再從下面把手電筒和麻醉用的袋子遞給他。

這時響起敲門聲。

「哥，送報的人來收錢。你可以出來一下嗎？」

我啐了一聲。舅舅從黑暗中小聲說：「快去吧！……我用手電筒找到你做的記號就可以了，簡單得很。」

我點點頭，出了房間。為了不讓老妹看到，我迅速關上門。

「怪哉。平常不都是星期天來收錢的嗎？」

智子一臉為難地點點頭。「對啊。聽對講機的聲音，不是之前來收錢的人。我穿著睡衣，不想出去。」

我嚷著「知道了、知道了」，走進廚房，打開架上的餅乾罐。裡面有老媽為我們兩個小孩單獨在家急需用錢時準備的現金，通常有一萬圓左右。

新來的收款員是個年輕的打工族，年齡和我只相差五、六歲。難怪智子會覺得尷尬。我遞出萬圓紙鈔，他動作不熟練的翻掏著黑色收款包，還一副很麻煩的樣子說道：「你沒零鈔嗎？」

「沒有。」

「真傷腦筋啊！」

這句話應該是我說的吧！我很焦急。隔壁清楚傳來咪麗的吠叫聲。舅舅怎麼搞的？還在屋頂裡迷路嗎？……

上面不知哪裡叩咚一聲。我嚇了一跳。

「喂，找你。」收款員找給我一大把錢，七張千圓紙鈔和兩個百圓硬幣。你不就有零錢嗎？我心裡嘀咕著把錢收下，放進餅乾罐裡後直衝上二樓。

跑進房間，我抬頭看衣櫥上的黑暗處。舅舅還沒回來。咪麗仍然吠個不停。舅舅拿牠沒轍嗎？我開始不安了。要跟上去呢？還是到外面去從庭院透過窗戶看一下比較快？……

一旦決定選後者，我回到門口，一步兩階蹦下樓，往外飛奔。我趿著運動鞋繞著庭院轉，窺看隔壁的客廳。蕾絲窗帘的後面，不見舅舅，也不見咪麗。我伸長背脊往上跳，努力一陣子無效後，又跑回家裡的二樓。

回到自己的房間，舅舅鐵青著臉跌坐在衣櫥裡。

「到手了嗎？」我喘著氣問。

舅舅不必回答。因為還能聽到咪麗在隔壁精神十足的叫聲。

「怎麼了，失敗了嗎？」真想跟他一起窩在那兒。

舅舅一聲不吭將衣櫥上掀開的天花板恢復原狀。再仔細一看，他連掛鉤都收回來了。

「發生了什麼事？」

舅舅坐到我的床上。此時臉色已不再發青，臉頰的肌肉也放鬆下來。

「我發現了很不得了的東西。」

我愣在一旁，舅舅從他屁股後的口袋中，取出一大包鼓鼓的、用橡皮筋綑著的塑膠袋遞給我看。我完全搞不清楚狀況。

「這是什麼？」

「你好好看一看嘛！」舅舅似乎變成一個和我同年齡的少年，臉上浮現一抹愛惡作劇的笑容。「是印鑑和存摺喲！」

「印鑑？」

「就是印章啊！專門用在見不得光的帳戶的銀行章。」

我拿掉橡皮筋，打開袋子瞟了裡面一眼。的確，有五顆廉價的圖章和五本彩色的存摺。

舅舅開始說明。「做記號的掛鉤，手電筒一照就找到了。用力拉起掛鉤掀開天花板，再把它卸下來，就可以看見剩下的天花板的夾層。」

「天花板的夾層？」

「我看看沒掀開的天花板裡有什麼，結果裡面藏了這些。」

我盯著手中的印鑑和存摺看。

「這些是逃漏稅的……」

「當然。」

「可是，拿這些做什麼？還是放回原處，打匿名電話給稅務署比較好吧？」

「你真的這樣想嗎？」舅舅問。「儘管給別人造成嚴重困擾了還裝傻，然而卻開了見不得光的帳戶逃漏稅，對這樣的鄰居你不氣憤嗎？」

「是很氣啊，可是……」

廉價的圖章上刻有常見的姓氏「佐藤」「田中」「鈴木」等。存摺的存款金額拿計算機加總了一下，差不多有三千五百萬圓。

世上不公平的事真是多如山高。

「我有個想法。」舅舅說。

「什麼樣的想法？」我小心翼翼地問。

「我們可以向稅務署告發他，同時還撈點好處。與其說是好處，不如說是到目前為止，忍受咪麗精神虐待的賠償金吧。」

我坐在地板上。這種事別這麼簡單就決定啦！……雖然我們大家都很氣惱咪麗……可是……

「有那麼好辦嗎？」

「我保證。」

咪麗一直在吠叫。

「不過，原本的目的在咪麗，接下來要怎麼辦？繼續忍耐嗎？」

「如果隔壁鄰居因為逃漏稅被抓，連咪麗都會消失的。再忍耐一下吧！」

「咪麗會消失？」

智子的聲音。她滿臉驚訝地站在打開的房門旁。由於太過匆忙，我忘了關上門。

「我從剛才就覺得你們倆怪怪的……你們要把咪麗怎麼樣？」

智子以女人特有的敏感，發現了印鑑和存摺。

「這是什麼？」

這下，我們只好向智子從頭說明一遍。本來還擔心不知她會有何反應，才聽完我們的說明，她就眼睛閃閃發亮地說道：

「想抓咪麗有更簡單的方法，根本都不必爬過屋頂內的通道。我知道隔壁阿姨藏備份鑰匙的地方！」

我和舅舅互看了一眼。

「為什麼你會知道這種事？」

「沒去上學、一個人待在家裡挺無聊的，所以我經常從窗戶往外看。最近，我看到隔壁阿姨不在時，常來的那個男人會從大門口旁的植物盆栽下拿鑰匙開門進去。」

「原來如此。自己不在家時，老相好突然來了，即使不記得帶鑰匙也可以進門！」舅舅點點頭看了一下手錶，剛好過了三點。

「那好，小誠，我們就照原定計畫去接咪麗吧！剛才談的，以後再說！」

我們悄悄出了大門。一如平日有點悶熱的午後，整個太陽神公寓似乎進入恍恍惚惚的睡眠狀態。我們第三棟樓位於其他棟樓的窗戶都瞧不見的位置，前面就只是公園的柵欄。我把風，確定沒人之後，舅舅才拿備份鑰匙開鄰居家的門。

我背對著隔壁的大門站立，聽見低沉的口哨聲。回應這聲音的是咪麗的狂吠。然後，立刻安靜無聲。

前後不到五分鐘吧。舅舅很小心地抱著咪麗快速跑進我們家大門。我將隔壁的大門像先前一樣關上，把鑰匙放回去後回家。

舅舅在籐籃裡放了一條浴巾，讓咪麗睡在裡面。咪麗還戴著繡有牠名字的紅色項圈，並穿著一套同色的薄衣服。

「牠死了嗎？」智子很擔心地問。

「只是睡著了而已。今後牠會得到一個更好的飼主來飼養牠。」

我摸著咪麗。沒什麼害處的小狗。

「脫掉牠的項圈和衣服會比較好吧！」我說。

「你看，上面有咪麗的名字耶。」

舅舅也注意到了。他小心取下項圈，幫牠脫掉衣服，然後遞給我。

「這些和剛才的東西，暫時交給小誠保管，一時還用不到呢。」

「接下來，我們該怎麼辦才好？」

「裝不知道就可以了。如果對方很驚慌失措，不妨去安慰他們一下，或者和他們一起去附近找找也可以。」

智子覺得很有趣地笑著。如今，她比我更起勁。

「真像《化身博士》。」

舅舅要立刻趕回去，他說得趁狗還沒清醒時帶牠到新飼主家。他還交代我要好好保管印鑑和存摺，其餘的他會主動聯絡我，叫我不要擔心。經他這麼一說，我滿懷不安，只好把受託保管的物品以及咪麗的項圈和衣服丟進書桌最下層，也是唯一可以上鎖的抽屜裡。

任何一樣都不可以讓爸媽發現。

過了五點，美沙子回來了。我提心吊膽地側耳傾聽隔壁的動靜。

美沙子足足喊了三十分鐘咪麗的名字，在家裡來回尋找。她的喊叫聲越來越高亢，不久便聽到她外出的腳步聲。回來時是和管理員一起，（沒有，到處都找不到。）（會不會窩在壁櫥裡睡覺？）兩人的說話聲聽來很困擾。

美沙子終於來到我們家。門鈴響了好幾聲。打開門一看，她臉色慘白地站著。

我和智子當然裝不知道。智子比我會演戲多了，還跟著她一起喊咪麗的名字，幫忙到附近去找。我滿臉無趣地退回自己的房間，望著藏有項圈的抽屜，心想萬一無意中被打開了，要說些什麼好呢？老實說，我害怕極了。

看樣子美沙子或許會報警……想到此就覺得胃痛。

不過，到了晚上，美沙子自己也停止尋找。巡視太陽神公寓社區道路的巡邏警察也沒有來。她好像不打算撥一一〇。

究竟是怎麼一回事呢？我在床上翻來覆去地思索。智子完全處於興奮狀態，不要說乖乖躺在床上，連發燒的事似乎也忘得一乾二淨。

「哥，事情變得越來越有趣了耶！」

她用雙手掩著嘴角悄悄對我說。我深深覺得，女人真是恐怖啊！

3

隔天夜裡，舅舅打電話來，我們才終於了解了實情。

「你說你做了什麼？」我不由得大聲脫口而出，隨即慌忙用手掩住話筒。老媽耳尖聽到了，從廚房跑出來。

「怎麼啦？誰打來的？」

真不知媽媽們有著什麼樣的耳朵？你越是不想讓她們聽到的事，她們的反應就越像天線般靈敏，簡直就是偵測衛星。

「朋友打來的，沒什麼啦。」我比比手勢回道，然後看著老媽在圍裙上擦手一直到她走回去後，我才又埋頭講電話。

「你剛說你做了什麼？」

「我說我威脅他們呀。」舅舅很沉著地——至少聲調是如此——回答。

「你說什麼？」

「因為——」

「不是啦，我是說你說了些什麼。」

「我握有府上逃漏稅的證據，想要回去的話就付錢。」舅舅簡短說道，「我連府上的小狗也順便帶走了。」

我閉上眼睛。

「也就是說，你以那些印鑑和存摺做為交換條件，對吧？」

「答對了。」

有一會兒我說不出話來。話說回來，舅舅是如何知道美沙子的電話號碼呢？我問他。

「帶走咪麗時，我看到客廳角落的電話櫃。隔壁這位特殊關係美女，以漂亮字跡寫下自家電話號碼貼在按鍵電話上。」

我看了看家裡的電話。我家的也是這樣。原來如此。

「那你也向對方這麼說了嗎，從衣櫥的天花板縫裡偷走了印鑑和存摺？」

「我沒這麼說喲！要是有個萬一的話……」

「你說萬一是指……」

「存摺、印鑑不全是用捏造的姓名辦的嗎？當然是用來逃漏稅的，可是，還沒百分之百的證據足以證明是橋本美沙子和她老相好的。搞不好是之前的住戶忘記帶走的東西呢。」

「會這樣嗎？會有人忘了帶走這樣的東西嗎？」

要搬來這裡時，老媽可是把家裡的存摺和印章全放在腰包裡繫在她腰間。

「應該是不會，但為了確認是他們的，我們不能先亮底牌。所以我才會說『我握有你們逃漏稅的確切證據，你知道府上什麼東西不見了吧！』來試探他們。」

我覺得口乾舌燥。「那橋本小姐怎麼回答？」

「她說我當然知道，要怎樣你才願意把東西還給我們？於是我說兩千萬就成交。她回說這種事我一個人沒辦法決定，你等我一下。她當然是要和老相好商量。所以我兩小時後再試著打電話去，她便回我說兩千萬ＯＫ。」

「勒索金超過那些戶頭總存款額的一半哩！」

「是哪。那時，她還問我為什麼不立刻將偷走的東西換成現金，我回她說那麼危險的東西，當然還是由你們自己買回去最好。」

「沒錯……見不得光的帳戶銀行方面也很清楚吧，舅舅即使去提現也不可能順利領到。弄不好說不定就曝光……」

「就是嘛！連中學生也明白的道理。我是昨天六點左右打這通電話的。所以即使咪麗不見了，她也不會撥打一一〇報警。他們不可能為了抓到偷狗賊，而眼睜睜地讓自己逃漏稅的事被掀開來。要他個兩千萬，算便宜了。」

是喔。難怪美沙子毫無動靜。

我把昨天美沙子回來以後的情形講了一遍，連智子演戲演得很棒的事也一併說了。

「這不是做得很好嗎？」

「真不敢相信，老妹居然這麼行。我覺得好鬱卒喔！」

舅舅笑了。「要堅持下去。你可以把它想成是在文化祭的戲劇表演裡演壞蛋啊。話雖如此，我總沒有讓你和智子出面的道理吧？」

「可是……那你打算怎麼拿到那筆錢呢？這算是一種綁架喲。綁架犯大部分都是在交付贖金的現場被逮的。」

「我早安排好了，沒問題的。屆時就要你們的幫忙。」

「你是說去拿贖金嗎？」我提高聲音，老媽因而再度一臉狐疑。

「怎麼會要你去做那麼危險的事呢？我寧願你們都待在家裡。」

「待在家裡？待在家裡做什麼？」

「到時候再跟你們解釋吧！通常，什麼時候是只有你和智子在家，而你老爸和老媽暫時不會回來的？」

「平日裡是我們從學校回來以後，現在是幾乎每天都這樣，爸媽很少在晚上七點以前回來。」

「好，到時我再打電話給你們。什麼都別擔心，一切會順利的。」

「下次什麼時候和我們聯絡？」

舅舅沉默了一會兒。

「這個嘛……我想兩個禮拜左右吧！」他答道。「大家的情況如何？睡得好嗎？」

「那是當然的囉！聽到咪麗不見了，爸媽都很高興，昨晚我們全家還上館子哩！」

「那就好。小誠，你最好別再戴耳機了！」

一掛上電話，老媽比剛剛還大聲些地問我：「聊些什麼？」

我回答說：「討論文化祭的節目。」

一如約定，經過兩個禮拜，什麼事也沒發生。我和智子經常在一起說悄悄話。當然，內容都是討論那天以後的事。舅舅究竟在計畫什麼呢？他會怎樣設計對方付了兩千萬圓後，還可以向稅務署檢舉他們逃漏稅？

「怎麼回事啊？最近你們倆的感情好像特別好！」老媽甚至這麼說我們。

不可思議的是，智子這兩個禮拜既沒發燒，也沒老是躺在床上。她每天都很高興似地，一副卸下了什麼沉重包袱的表情。除了晚上睡覺外，她完全與睡衣絕了緣。

反倒是爸媽倆益發疲憊，現在他們滿臉都好像顯現出負荷過度的感覺。他們失眠的原因應該不只是咪麗的躁音吧！他們為新公司辛苦打拚，完全呈現出我為了寫國文作業感想文而讀過的《康提基號海上飄流記》（譯註：作者為挪威探險家托爾・海爾達〔Thor Heyerdahl〕）的情景。不同的是，康提基號最後安然返航，而爸媽的船隻似乎快沉沒了。

看到這樣的光景，我的心也一點一滴堅定了起來。如果計畫成功了，舅舅既可以對老爸老媽說明事情的原委，還可以取得咪麗帶來的精神痛苦的賠償金。將這筆錢平分後的一千萬圓，對現在的我們來說不知有多大的幫助呢？

既然做了，不就是要做到底嗎？望著收藏證據的抽屜，我這麼喃喃自語。

也因此，兩個禮拜整舅舅打電話來時，我的心情已不像之前那麼糟了。

「明天就要去拿錢了。」

「明天。」我吞了吞口水。

「對啊。明天你們幾點會回到家？」

明天是星期三。「四點一定會在。」

「好，那麼我四點整到。」

4

隔天，舅舅肩上背個大包包，還提了個皮箱到來。剛好是四點整。

智子一打開門，「老是你看家啊！看，禮物。」舅舅很有精神的說道，並遞給智子蛋糕。

「這麼悠哉好嗎？」我開始擔心起來。

「沒問題啦，這樣比較好。隔壁應該會對陌生人比較敏感吧，所以得先製造舅舅我常來你們家玩的印象。」

我們在廚房吃蛋糕、喝茶，共商大計。

起初都是舅舅說明計畫的內容，我和智子靜靜聽著。

「發現印鑑和存摺的那天，我已經打電話向他們要了兩千萬圓。當時，我先聲明隨時找我方便的時間聯絡，要他們馬上準備好錢。」舅舅喝了口紅茶。「可是，光準備好那筆錢是不夠的，我還附加了個條件。你們知道郵寄的小包裹嗎？」

我和智子都點點頭。

「那你們也知道有賣郵寄包裹專用的箱子吧？」

「知道啊！我們曾經用那種箱子寄東西。」

「我要他們用郵政包裹最小的箱子把那筆錢封裝起來。」

「你該不會還要他們寫上寄件地址吧？」

「怎麼可能！我叫他們只要事先裝箱封好！然後，昨天我打電話給他們，通知他們明天拿現金交換那些印鑑和存摺。接電話的是橋本美沙子，她說明天她老公也會在家。所以，他們現在應該很著急地在隔壁等著。」

吃進的蛋糕幾乎全卡在喉嚨中，我突然覺得廚房的牆壁全變成半透明的，對方好像可以從那裡把我們看得一清二楚。

「接下來要做什麼？」智子催問著。

「接下來我會打電話給橋本美沙子，」舅舅低聲說。「跟她說我們這邊是雙人拍檔，一個會在某個地方和她老公見面，另一個會去她府上，從她那兒直接拿裝錢的包裹。一旦確定收到錢的時候，再立刻聯絡和她老公見面的拍檔，把他們所要的東西還給他們。」

「要在哪裡和隔壁的男人碰面呢？」

「哪裡都可以。總之要離這裡夠遠，主要是引開他。」

我喝了口冰紅茶好將噎住的蛋糕吞下去。

「然後要怎麼做？」

「那男人一出門，隔壁不就只剩美沙子和裝滿錢的包裹了嗎？這時換智子出馬。」

「我？」智子指著自己的鼻尖。

「沒錯。隔壁的男人出去之後，你瞧，那停車場後面不是有個香菸自動販賣機嗎？我要你去那兒買包菸。去的時候，記得帶著之前從咪麗身上脫下來的衣服，離開停車場回來時，順便把衣服扔在適當的地方。然後，裝作剛發現的樣子，去通知美沙子。」

「阿姨，有件很像咪麗穿的衣服掉在停車場上喲。」智子說完，噗嗤笑了一聲。真是有夠大膽。

「扔項圈不是比衣服好嗎？更令人印象深刻呀！」智子說。我真是懷疑自己的耳朵。

「不，項圈不好塞在口袋裡帶出去！衣服則可以裹成一團。說話的方式照剛才那樣就可以了。希望這樣可以順利把美沙子誘到停車場去。智子之前不是假裝幫她一起找過咪麗嗎？我想她一定會相信你的話出門的。」

「她離開之後，屋裡只剩下那筆錢了！」我說。終於知道自己的角色了。「真了得……要我趁那個空檔去拿錢是吧？我的體形比舅舅瘦小些，動作也比較靈活。」

「不，不對。」舅舅的嘴角露出一絲笑意。「不只是要你去拿錢，而是要你去掉包。」

我愣了一下，望著舅舅從大包包中取出最小尺寸的郵政包裹。這個包裹還沒封箱。舅舅把它放在桌上，打開蓋子，裡面放了用橡皮圈綑好的一疊疊報紙。

「我花了一番苦心才弄好的。由於我跟對方指定那筆錢一定要用萬圓紙鈔每一百萬綑成一疊共二十疊，所以我提光個人僅有的帳戶存款，計算好百萬圓鈔票的重量，然後將報紙慢慢加進去，直到比乘上二十倍的重量輕一些為止。因為箱子掉了包，如果拿起來的重量不對，對方立刻就會察覺了。甚至這些報紙也都是從車站的紙屑箱和報紙交換箱找來的，為的就是要小心不留下線索。」

我瞪大了眼睛。

「可是，為何重量要輕一些？不是應該一樣重才對嗎？」

「因為裡面還要裝點別的東西。」舅舅又是一副惡作劇的樣子。

「我懂了！是那些存摺和印鑑？」智子壓低聲音，但整個臉色發亮地說道。

我轉了轉眼珠子。噯呀呀……

「不過，這樣不就把逃漏稅的證據還給對方了嗎？那要怎麼向稅務署或警察檢舉呢？還是你已經把銀行戶頭和帳號記下來了？」智子傾身向前。

「有趣的還在後面哩。」舅舅笑道。「那麼，我們開始吧！我可愛的外甥和外甥女。」

舅舅設想周到，帶來了一副手術用的手套。他戴上手套，將存摺和印鑑放進塑膠袋裡後擦乾淨，連準備好的包裹箱外側也謹慎擦了兩次。因為，如果留下指紋就不妙了。

接著，他打電話給隔壁。我盯著玄關旁的小玻璃窗看，沒多久便看到美沙子的老相好從容不迫地外出。舅舅指定他前往新宿車站東口廣場，還表示知道他的長相，會主動跟他打招呼，要他耐心等待。由於廣場總是擠滿人潮，想必隔壁那男人會淹沒在重重等候見面的戀人及大學生社團的群眾裡吧。

那男人離開五分鐘後，智子將咪麗的衣服塞進口袋裡出門去買菸。她手裡握著舅舅給的零錢，感覺就真像只是出門買菸而已。我心想，老妹將來一定可以成為女演員。

我則取代舅舅戴上手術用手套、穿著襪子，在玄關邊拚命調整呼吸。

沒多久，智子的腳步聲傳回來了。隔壁的門鈴響起。對話的聲音。

「阿姨，在停車場那邊——」

一如她剛才練習時的說詞和口吻。實在了不起！

「真的？哪兒呢？」美沙子語氣急切。「這邊，這邊！」智子拉起她的手。兩人的身影往停車場方向消失時，舅舅悄悄推我的背。我抱著包裹往隔壁的大門跑。

大門半開著。我沒碰到把手便溜了進去。進到裡面時，雖然看到和我們家一樣的格局，但客廳給人的感覺完全不同，很像當初太陽神公寓推出預售時的樣品屋照片。屋裡收拾得相當整潔，左手邊通往廚房的通道口掛著漂亮的珠簾。

目標包裹就放在客廳的沙發上。我小跑步上前將它挪到一旁，並把手中的包裹放在同樣的地方，封箱的位置也調成一致。就在我抱起目標包裹要往回跑時，突然瞥見沙發對面的鏡子上映現一個人影，我心臟猛然一跳。是我自己的臉。我從齒縫間倒抽一口冷氣逃了出來。

一跳進家裡，我擺出一副要摟住等在玄關邊的舅舅的姿態。

「搞定！」我上氣不接下氣地終於蹦出一句話。當我們回到廚房時，美沙子和智子也聊著什麼從停車場走回來。只聽到智子說了一聲「真是奇怪啊」，然後她便板著臉關上大門，掛上鍊條。

才一轉身，她立刻換了張臉孔。

「進行得順利嗎？」

我虛脫地跌坐在椅子上，比出ＯＫ的手勢。舅舅憋著聲音笑了出來。

我們回到廚房。舅舅捧著包裹不聲不響地放在桌上。

「接下來怎麼辦？」智子爬上高腳椅。

舅舅看看錶。五點四十分。

「還早……先打開這個瞧瞧吧。」

我和智子都正襟危坐。舅舅則像魔術師一樣誇張地拆封。箱子打開。

一疊疊萬圓鈔票，整齊地排了五排。我不由得想吹口哨，但立刻摀住嘴巴。

「那麼——」舅舅將手伸進箱子裡時，門鈴響了。我們像蠟像一樣動也不動。

「我回來了。我是老媽。」老媽大喊。「小誠？智子？你們在家吧？」

舅舅比手劃腳下指令（這些暫時藏在小誠的房間）。我再次抱起包裹跑步。智子則拉長「嗨——」的一聲回答，慢慢地走向玄關開門。

老媽進到廚房時，我正好下樓。

「咦，毅彥，你來啦？」老媽說。

「哈囉。」

「今天真早啊。」我說，心想還好自己的聲音沒發抖。

「嗯……約好的客戶放我鴿子。你們老爸還在工作，可是老媽我覺得好累，突然很想看到你們。」

「有舅舅帶來的蛋糕喲！」智子站起來，再一次開始熱起茶壺。

之後，過了三十分左右。

「我去買些啤酒來，晚上和姊夫喝一杯吧。」說著舅舅站了起來。我明白他的意思，便說道：

「我也要一起去。」

我們悠悠哉哉遛達到商店街的酒屋。途中，舅舅進入公共電話亭。我把腳橫擱在半開的門邊上，一起聽他打電話。

舅舅撥了橋本美沙子的電話號碼。鈴響了三聲，對方接起電話。

「喂喂？我是那個人。」沒想到舅舅很有禮貌地說道。「我是很想親自登門拜訪，但你們那兒有管理員吧？這樣不太妙，可不可以麻煩你把錢帶出來？嗯，如果我們這邊拿不到錢，當然不會把東西還給你老公……」

美沙子說了些什麼。

「我可沒打算騙你們喲。這麼做，對我們一點好處也沒有。好了嗎？我只說一遍，聽清楚，別搞錯了。在中央線四谷站前，嗯，往四谷口的剪票口出去……有間叫做『Pearl』的喫茶店。裡面有個拿賽馬新聞報的長髮女人。你立刻認得出來的，因為拿賽馬新聞報的女人並不常見。那女人會負責收錢。一進到店裡，請你坐到女人的對面跟她說：『約定物，請你快一點。』這是接頭暗號。請你把包裹直接交給那女人。」

美沙子好像答說知道了，舅舅便掛了電話。我們走出電話亭。

「怎麼一回事啊？」我問。「根本沒有那樣一個女人吧？你該不會只是要放她一下鴿子而已。這樣並不能檢舉他們逃漏稅呀！」

舅舅踏著悠然自得的步伐，臉上浮現出滿足的笑容，然後像是自言自語地說道：

「雖然不能說出名字——其實名字並不重要——卻真的有一個護士，而且是個討人厭的傢伙。我們醫院事務局的女孩們也都很討厭她。我在工作上也曾慘遭她的修理。」

我默默配合著舅舅的步伐。

「我們拐走咪麗的隔天，那護士便開始收到黑函。她一個人住大廈公寓。我們的員工通訊錄上有刊載住址，所以可以輕易查到吧……不知是哪個被她刁難過的人，開始寫信反擊。」

「信是用手寫的？」

「不是，是文字處理機打的。」

「啊，是喔。」

「依那護士的個性，對這種事絕不會默不吭聲。之後，她又連續收到幾封同樣的信件。於是，她報了警。而嫌犯終於在昨天的信上要錢，還堂而皇之威脅她說，如果不付錢便要危及她的性命。對方指定交錢的日子就是今天，時間是晚上七點三十分，地點在四谷站前的喫茶店Pearl，還指明要她手上拿份賽馬新聞報當標記。」

「如果我是那個犯人，一定會說些接頭暗號之類的話。」

「沒錯。那嫌犯也這麼想過，所以接頭暗號就是『約定者，請你快一點。』」

我慢條斯理地說道：

「日語真是好用耶！一樣發音為mono，卻可以寫成兩個漢字『物』或是『者』，但意思不一樣。」

我試著想像，當美沙子說：「約定物，請你快一點。」而那個護士則把它聽成：「約定者，請你快一點。」

……

「舅舅。」

「嗯。」

「那護士一定會找警察，然後在Pearl裡守株待兔吧！」

「當然囉！」

設計好這些的確需要兩個禮拜。

我們在酒屋買了一打罐裝啤酒，回程時彼此只交談了一句。

「舅舅，你會用文字處理機吧！」

「現在誰都會用啊！」

5

我們整整獲得了兩千萬圓。

照理說應該是這樣。實則不然。

那天夜裡，舅舅、智子和我三個人，找了個適當的藉口鑽進我房裡。

這次真的是要看包裹的內容了。

「這主意很棒吧？找個完全相同的箱子掉包，誰也想不出比這更高明的法子了。」

舅舅已經將它當成笑話來看，不過手還是有點顫抖。我也一樣。智子最冷靜，一副像是要看小雞從蛋裡孵出來的樣子，充滿著期待的眼神。

由萬圓紙鈔綑成的疊疊鈔票整齊地排成五排——不過，這也只是「看起來像是這樣」的錯覺。事實上，除了最上面的五張是萬圓紙鈔外，其他的全是報紙裁成的。

費了那麼大的勁才拿到五萬圓。

我們癱平在地板和床上，放聲大笑了好一會兒。

「啊——啊！」舅舅笑到飆出淚來。「到頭來，還是敵不過摳門兒的傢伙。」

最後，那五萬圓交給舅舅。隔週的禮拜天，他找了個「慶祝姊夫和老姊獨立創業」的名目，請我們全家去吃了一頓豪奢的中華料理。那頓飯吃得非常過癮。我想應該遠遠超出預算，舅舅虧大了。聽說，隔天他還找了個適當的藉口，自掏腰包請那個護士吃中飯。

咪麗消失了。我只知道牠在某個不錯的飼主那兒，被好好地養成一隻雪白的狐狸犬。這至少把我們一家人從噪音中解放了出來，儘管爸媽的康提基號仍處在風雨飄搖中。

橋本美沙子在Pearl遭刑警逮捕時，根本說不清為何會出現在那裡。雖然後來證實她和護士受威脅的事件無關，但她還是無法說明她帶來的包裹中所起出的報紙、印鑑和存摺。報紙也曾稍微報導該事件，我們是事後無意間聊起來時才知道的。即使美沙子和她的老相好一直聲稱：「由於家裡的愛犬被人拐走，對方要求贖金才會到這裡來。是犯人指定的。關於存摺和印鑑我們一概不知情。」不過當時他們神色慌張、言詞閃爍，最後還是露出破綻。結果，稅務署深入調查那男人的店（他經營的店數多到了令人吃驚的地步），發現他逃漏稅的金額高達上億圓。

上億圓的逃漏稅耶。我們得手的卻只有五萬圓。

過了一陣子，美沙子搬去其他的地方。

經過這番騷動，我們最大的收穫就是智子的健康。舅舅的判斷沒錯，她身體的虛弱是源於心中的煩惱。也就是說，我老妹太過認真了。任何事她都拚了命要去做好，一般的情況倒還行，一旦遇到不擅長的事，就會給自己很大的心理壓力。她那麼嚴以律己，什麼事都要求盡善盡美，當然遲早要出問題。當她為了逃避沉重的壓力時，就只好躲著不去上學。

這個癥結正好靠這次的事件解除了。怎麼說呢，因為犯罪解救了她。（不過，我和智子至今還是搞不清楚，那樣做果真是犯罪嗎？）

既然已經不是優等生了，所以再也沒有必要勉強要求自己完美了。智子變得非常開朗。其中最顯著的明證是，當我們知道包裹中只有五萬圓而癱倒時，最先站起來的是她。然後，她還咯咯地笑說：

「不管怎麼說，真的很好玩。」

這番大騷動過了兩個月後。

稅務署又派人來到太陽神公寓社區。這一帶似乎住了不少有錢人。

當我這麼想著往窗外望時，一行人慢慢走近第三棟。

他們從目瞪口呆的我的面前經過，進入我們鄰居的家。

不是右邊那間，因為美沙子已經不住那兒了。

那一行人進入的是左邊鄰居的家。

原來警察與稅務署查到那些印鑑與存摺的真正所有人。

知道真相時，我又開始頭暈目眩，覺得自己好像變成在玩具店出售的「笑袋」（譯註：會哈哈笑的小丑娃娃）。誰敲一下背部的開關，我就會笑到電力耗盡為止。

藏在天花板裡的存摺和印鑑。

那些是左邊鄰居田所先生的。

隔天，舅舅拋下工作和約會跑來我家，在我的房裡聊天。智子正和朋友講電話講得起勁，連我們在樓上也不時可以聽到她爽朗的笑聲。

「你想是哪裡出錯了？」我問。

「方向呀！」

舅舅整個人躺平在地板上，右手搭在臉上遮住眼睛。

「你最初勘查時就把方向弄反了。只有你一個人爬進屋頂，也難怪會搞錯方向。」

「可是，實際執行的人是舅舅你耶。」

「說得也是。」舅舅支起身體坐起來。「那時候，你不是為了收報費到樓下去嗎？所以，我只顧著用手電筒找你黏上的掛鉤，根本沒想到方向的事。我也以為找到掛鉤那裡，就是橋本美沙子家的衣櫥上方。結果，實際上是反方向的住家屋頂。真悲慘，爬進屋頂內就像進了管線，何況到處都聽得到咪麗的叫聲，害我也沒察覺離咪麗家越來越遠。都怪那隻狗，吠聲連連，沒一分鐘停過。我想要是那時候小誠你在下面的話，就會立刻發現我走反了方向。」

「是我的錯。」真是笑死人了。

「結果，這個錯誤竟然揭發了兩宗逃漏稅案。」

「真要說實在的，我們應該大受表揚呢！」

我們放聲大笑，笑得太過火，連胃都痛了。

「喂，等等。」

舅舅突然收起笑臉，一本正經，差不多就和那天在天花板上「發現了很不得了的東西」、趺坐在衣櫥裡時一樣嚴肅認真的表情。

「如果真是那樣，為什麼橋本美沙子和她的老相好會任由我們擺布呢？我手上握有的是和他們毫無關係的東西。我們從他們家偷走的就只是咪麗啊！」

「所以，我想是因為咪麗被偷了，不是嗎？」

「哪是那麼蠢的理由。我記得很清楚，我告訴他們『我握有你們逃漏稅的證據』，他們也回說『很清楚知道丟了什麼！』……」

我們拚命回想當時說的話。

「這麼說，舅舅從沒提到『存摺和印鑑』的字眼囉……」

「絕對沒提過，沒有提過。」舅舅激動地搖頭。「我只說過我握有你們逃漏稅的證據，連狗也順便帶走了。」

我的腦筋好像有點轉不過來了。

「可是，實際上我們也只不過是偷了咪麗啊！」

我們各自朝著此一粗淺的方向思考，兩人一時沉默。當我們再度四目交會時，異口同聲說道：

「項圈……！」

我爬過去打開桌子最下面的抽屜。咪麗的項圈還原封不動放在裡面。每每一想到在事情平靜下來之前，它大概要藏在那裡好多年，心裡就覺得不妙。

我取出項圈，用顫抖的手交給舅舅。舅舅將它放在手裡反覆查看，隨意擺弄，突然發現項圈內側有個小縫隙。

我拿美工刀（和勘察時插進天花板縫隙間的是同一把）割開那道縫隙，拆開項圈。六顆如智子小指指甲般大小的透明石頭，從裡面掉落到地板上。閃閃發亮。

舅舅用指尖捏起其中一顆，拿到書架防塵用的玻璃門前。石頭輕輕劃過玻璃，上面立刻出現刮痕。

「是鑽石……」

我們倆看了一會兒玻璃上劃傷的六條線和閃閃發光的鑽石，像傻瓜似地端坐在地板上。

「原來如此！」舅舅緩緩開口。「美沙子曾問我，為何不直接將它換成現金。我以為她指的是銀行存摺，所以便回她說，那種東西太危險了，不成。原來美沙子指的並不是存摺，而是這些鑽石。」

我已然發暈了。

「要將這些鑽石換成現金的確很危險，難怪那時舅舅說危險，美沙子會認同。」

「多少有點吧！」舅舅回答。「正規管道大概很難賣出去！不過，小心一點的話，總有辦法的。」

我出神地凝視著六顆鑽石。儘管世上不公平的事多如牛毛，但偶爾也會遇上這樣的好事——記得誰曾這樣說過。

真爽啊！

這孩子是誰的

1

那天晚上，我家有兩組客人到訪。最初的客人是雷雨。

先是颳風。我從拉開窗帘的窗戶仰望天空，灰色的雲層裡面像在對誰眨眼似地隱約閃現電光。隔著圍牆的鄰家庭院裡，灌木叢就像一群膽怯的動物般在沙沙作響。

不久，下起傾盆大雨，我一人待在空蕩蕩的家中，屋裡滿是敲打屋頂、窗玻璃的清脆雨聲。

就這樣，家裡看起來比平常空曠，屋裡的天花板感覺不斷在升高，地板、牆面也漸漸擴展開來，我則變小了。

就在這時，我莫名地湧現出一種快把箭、槍砲拿過來的興奮感，真是不可思議！也許是經過手術、長期住院及周遭人們對我的特別照顧之後，在這樣難得自處的時光裡，我十分沉醉於如此的解放感。

那就來做點什麼吧！

正當我滿心雀躍，沒來由地大喊一聲「好耶——」時，大門的門鈴響了。

那是第二組客人到達的通知聲。我反射性地抬頭看了看廚房的時鐘。晚上九點三十五分。

這種時間，會是誰呢？

我趿著拖鞋走過走廊，朝大門方向瞄了一眼。鑲嵌方格花紋玻璃的大門外，矗立著一道白色人影。我急忙打開關掉的門燈，在門鍊掛上的狀態下開個門縫。

門剛一開的時候，一陣激烈的風雨迎面吹來，令我不由得想關上門。

然而，來訪者的手卻牢牢抓住這扇門。

「唉呀，先別關門！讓我進去嘛！」

是女人。她身上罩著一件寬大的雨衣，戴著兜帽。穿著雖不怎麼樣，但體態超好，我瞬間聯想起被雨淋濕的晴天娃娃。

您是哪位？有什麼事嗎？我正想開口這麼問時，劃過一道閃電。她掩面驚叫。

「討厭！喂，拜託，先讓我進去嘛！」

雷聲像打破特大號充氣袋似地轟隆隆響，我不由自主縮縮頭。沒時間細想，我鬆開門鍊，大門才一打開，穿白雨衣的女人便衝進來玄關。

雨珠滴滴答答地從她肩膀、下襬和袖口不停滴落。當她用手掀掉兜帽時，甩出的水珠全噴到我的臉上。

「真慘啊！連傘也不管用。」

從兜帽下露出一張年輕的臉孔。年紀大概二十五歲多，頂多三十二、三歲吧！染色的頭髮中分，向左右兩邊垂瀉而下。寬闊的額頭白皙，濃眉下有雙大眼，五官輪廓分明。

「呃……您是——」

我再一次準備問清楚時，對方很快打斷我，並命令道：

「喂，別杵在那裡，快幫我把這脫下來。全身濕漉漉的。這孩子要是也弄濕了可不行。」

「這孩子？」

她迅速解開雨衣的釦子。我這才明白，這女人可以清楚看出身形，是因為她胸前背個嬰兒才在外面再罩上雨衣的緣故。

「呼！」

脫掉雨衣，嬰兒的小臉蛋露出來時，她愉快地舒了一口氣。

說是嬰兒，也有一歲左右吧！臉頰圓滾滾的，柔細髮絲貼在額頭上，頭靠在女人的肩上睡得正熟。

「咦，竟然睡著了。」女人抬頭看我。「可愛吧！」

我不知該回答什麼。

「嗯，對不起，請問您是哪位？」

終於這麼問了她，女人不回答，卻瞄了我身後一眼，隨即把身體向左右彎一彎、伸一伸背，同時反問我：

「你爸媽呢？」

她不安了起來，我回頭看了看沒人的廚房。

「他們都不在家……」

正在伸展背脊的女人迅速恢復原來的姿勢。

「啊，真的嗎？」

「真的。」

女人想了一下，看看我，又看看大門，然後視線回到我身上。

「臨時出門嗎？」

「參加親戚的婚禮，所以提前去住一晚。」

「很遠的地方？」

「嗯，在札幌。」

我回答之後，心想：這女人到底什麼東東啊？我幹麼說得這麼清楚？只是為時已晚。

女人歪著頭，像在自言自語似地喃喃說道：

「我突然跑來……沒有逃得了的道理。」

「不好意思，請問有什麼事嗎？」

我盡可能保持威嚴地問道。可是，對方只是微笑。

「喂，你是小聰吧？今年，十四歲。」

「啊？」

「你是道夫的兒子吧！多多指教喲。」

她微噘起嘴，裝模作樣，眼裡帶著一抹嘲弄意味地笑著。

她叫老爸「道夫」。

「你是爸爸的朋友嗎？」

「是啊。熟得不得了的朋友。」

她擺出單手扶牆的姿勢，一直地笑，胸前還緊緊背個熟睡的嬰兒，看起來真是怪異極了。

我的心噗通噗通跳個不停。

她叫老爸道夫！

「你究竟是爸爸怎樣的朋友？有什麼事嗎？」

女人又笑了笑。

「總之，先讓我進去！我得放下這孩子，幫她換尿布。」

「為什麼要在我家做這種事呢？」

她頭殼是不是壞掉了啊？該不會是菜鳥業務員來推銷東西吧？我頭昏腦脹地思考對策。

這時她這麼回答：

「聽好喲！小聰君，我是你爸爸的情人。這孩子是我和他的小孩。」

她微微一笑，隨即輕輕地戳一戳我的胸口。

「所以，你是哥哥。」

2

她的名字是美里惠美。小孩的名字（因為還沒正式承認）是美里葉月。

「五月五日出生的，是女孩子喲。皮膚白皙又可愛吧！」

惠美片刻不停地走了進來，然後熟練地讓小葉月躺在客廳的沙發上，自己跟著在一旁坐了下來。

「啊，好重。這孩子有十公斤了耶。平常不太抱她了，但今天這種天氣不能用推車。」

我不知所措地杵在一旁。

「沒有菸嗎？道夫是抽Caster Mild的吧！」

的確，老爸是抽Caster Mild。

「給我一根吧。還有，可以借條大毛巾嗎？頭髮都濕了呢。喂，我想順便借用一下浴室，可以吧。」

我好不容易發出聲音：

「您是不是有哪裡不對勁啊？」

惠美直眨眼。

「我沒怎樣啊！」

「無緣無故闖進別人家裡——」

「不算闖進來的吧！不是小聰君你開門讓我進來的嗎？而且我——」

她把手搭在胸口。

「又不是別人。我是葉月的母親，而葉月是你同父異母的妹妹，所以我算是你的母親，不是嗎？」

她逕自從旁邊的櫃子找出香菸點燃，吸了一口之後，吐著菸圈繼續補充道：

「如果我和道夫結婚，就是你名正言順的媽咪。快盡點孝道吧！去放洗澡水。今晚我在這裡睡。不論怎樣，我都要等到道夫和他太太回來，大家好好談一談。」

我勉強自己冷靜下來，從廚房拉了一把椅子過來坐下。從剛才我反而像個局外人，一直站著。

「也就是說，你是為了這個——小葉月的事，才來找我爸媽？」

「渾身覺得好冷。」惠美裝傻地搓著手。「真想喝咖啡啊！可不可以沖杯給我？」

我嘆了口氣站起來。

「乖孩子。」

把豆子放入咖啡機裡，加水，按下開關，溫杯子——我循著如此單調的步驟煮咖啡，一邊整理思緒。

這女人簡直一派謊言。錯不了。我很清楚老爸根本不會有私生子。

傷腦筋的是我無法告訴她真正的原因。因為，我一直假裝不知道老爸不能有小孩這件事。

咖啡煮好了，倒入杯中，我招呼惠美。

突然間，我胡思亂想了起來：這女人該不會是精神病患吧？弄不好刺激到她，那就完了。還是先好好安撫她，若不虛應她的漫天大謊，搞不好小命危矣。

說起來也並非不可能的任務。先假裝相信她，等她平心靜氣下來，再打一一〇吧。

「你要糖和牛奶嗎？」

「多放一點！」

她仍抽著菸，大聲地回答。「總覺得喝黑咖啡好怪喔。只喝得到苦味，不是嗎？我絕對不會和喝黑咖啡的男人上床的。」

我驚惶失措，惠美則以一副「怎樣？很好的癖好吧？」的表情看我。

「哈哈，很有趣的男性判別法呢。」我好不容易才開了口。「不過，我老爸是喝黑咖啡的喲！」

惠美不懷好意地竊笑。我放棄了。

「那樣的謊言已經不管用了。」

「道夫喝咖啡一定加一匙糖，牛奶只在某種情況下會加很多吧？」

是吧！

「儘管如此，但他絕對不喝咖啡歐蕾。對吧？」

我默不作聲，算是肯定了。

這女人看起來像是胡說八道，倒挺清楚老爸的喜好，不管是抽菸也好，喝咖啡也好。

我忽然覺得有點害怕，斜眼看了一下惠美。總之，現在先附和她說的，只有等爸媽回來囉……

惠美才喝完咖啡，小葉月就醒來，並開始撒嬌。惠美一邊笑著說噯喲喲，一邊抱起她。這個動作非常熟練，沒什麼不對勁。

「呃……」

「看，是哥哥喲。」惠美將小葉月的臉轉向我，還裝出小孩的聲音說道。

「請不要再說我是哥哥了。」

惠美笑了笑。

「喂，可不可以拿些零嘴給葉月？」

不得已，我窸窸窣窣地翻遍廚房，勉強發現了一袋餅乾，拿給小葉月握在小手裡。小葉月很高興地嫣然一笑。這時，真是覺得自己很不機靈，還要人家說了才想到拿零嘴。

我也太好欺負了吧？

我馬上質問惠美是怎樣認識老爸的？兩人交往幾年了？

她滔滔不絕地回答說，她在西新宿的酒吧「La Saison」工作時，我老爸是那裡的老主顧，他們就這樣認識了。

老爸既喝酒，也上酒吧應酬。不過，我不知道他慣常去的店名，就算聽到「La Saison」，也只能露出「啊，是喔？」的表情。

只不過，老爸經常是醉得不省人事。他曾經被公司同事抬回來，也有過冶豔的美女用計程車送他回到家的紀錄，甚至還被催收過計程車費和在美女的店裡賒帳的費用。

也就是說，他是那種醉倒了就不知做過什麼的男人。

「道夫第一次到我公寓過夜是兩年前的今天。所以，今天是紀念日。」

「紀念日？」

「是啊！就是那時候有了小葉月的。」

暫且不提是否真有了孩子——暫且！——我問她當時老爸的穿著打扮啦、帶了什麼東西之類等等，她顯出一副追憶的模樣，一句一句地回答，不覺得她有什麼不自然的地方。

「小聰君，你在考我嗎？」

惠美翹起小指舉杯笑一笑。她的指甲修剪得很整齊，卻塗了不像是當媽媽會塗的大紅色指甲油。塗指甲油的技巧也很差，許多地方都塗出指甲面了。

或許是剛睡醒的關係吧，小葉月的心情很好，「達！」「達！」地牙牙嬌語，小手不停揮來揮去。

不知是否注意到我的視線，惠美滿足地微笑著抱起小葉月。

「葉月，要不要給哥哥抱抱啊？」

「等一下！真是亂來。」

「為什麼？什麼亂來？連你也不會是送子鳥送來的孩子，而是你爸爸和媽媽——」

「等、等一下。」

我張開雙手，有種還搞不清楚狀況，拳賽的鐘聲便已響起，待發覺時已身處賽場中央狠挨一拳了的感覺。

「我不是在說這種事。只是，你有什麼證據證明小葉月是我老爸的小孩？」

「有哇！」

惠美放下小葉月，將提包拿近身邊，開始翻找。

「你看，母子手冊。」

她砰一聲地把它丟出來，紅色封面上畫有嬰兒和母親的插畫。

「葉月是去年五月五日出生的。你爸爸到我公寓過夜是前年的七月十二日。至於血型嘛，我是B型，道夫是A型，葉月也是A型。」

「單憑這些不能算是證據。」

惠美手支下巴瞪我，聲調也變得尖銳。

「你還真不講理耶！什麼嘛！這種口氣。莫非你的意思是，我把和別的男人生的孩子硬塞給你老爸？」

雖然我不想示弱，卻害怕了起來。

「算了，還是去沖個澡……」

惠美的表情一百八十度轉變，她懶洋洋地伸展手腳，喃喃說道：

「我洗澡時，你幫我看葉月吧？誰叫你是哥哥。」

還真是時候，小葉月剛好朝我伸出胖嘟嘟的小手，口齒不清地說：

「大——樣。」

「瞧，她在叫你『哥哥』。葉月，你知道哦？到底是有血緣關係的兄妹啊。」

我又頭暈了。

3

惠美進去浴室時，我只好當小葉月的玩伴。

話雖這麼說，剛開始我只是呆呆望著她在玩耍。我家當然沒擺什麼嬰兒喜歡玩的玩具，她卻把什麼都當成玩具，玩得很樂。一會兒掀報紙，一會兒拍打椅墊，一會兒又鑽到桌底下揪地毯的絨毛。

然後，她從桌底下露出小臉蛋對我說「在」，跟著笑開了。

我別無他法，只有微笑以對。於是，她咯咯大笑，又重複同樣動作。然後，在她喊著「不在不在，哇」當中，我開始尋找可充當玩具的東西，待察覺時，我已經坐到小葉月的身旁。

好可愛的小孩。雖然還不太會說話，只會用手指比東比西，並用一些奇怪的發音說些簡單的詞彙，卻能溝通意思，嬰兒真是不可思議啊。

「大──樣」好像真的是「哥哥」的意思。她不斷地對我這麼大喊，我的心情變得很複雜。

如果這孩子真如惠美所說的是老爸的小孩，怎麼辦？如果真有這樣的事，我的立場會怎麼樣呢？……

不，在這之前，我可能會有兄弟姊妹嗎？如果有的話，會在哪裡──

「兄妹倆感情真好啊！」

以浴巾裹住整個頭的惠美站在廚房門口，臉上的彩妝卸掉了，臉頰的氣色還是粉嫩嫩的，看起來非常漂亮。她穿著和進來時同樣的衣服，但脫掉了絲襪，赤裸著雙腳，顯得格外嬌媚動人。

「可以拿罐冰果汁嗎？我自己開冰箱囉！」

聽到這句話，小葉月也開始吵著要。

「知道了啦！現在就弄給你。」惠美哄她。

她從提包中取出奶瓶，倒滿果汁，再抱起小葉月躺到沙發上，讓她雙手抱奶瓶。小葉月立刻吸吮起來。

「口渴了哦！」

我偷偷看了惠美側臉一眼。

好沉穩呀。她望著小葉月的眼神有著母親的溫柔。我覺得自己原本懷疑她是否是哪兒來的怪人的想法開始動搖。

如此一來，我所能想到的只有「騙子」。索性把它說穿了吧！

可是，還是不行。一來是還沒搞清楚這女人和老爸之間的確切關係，二來我自己也是一頭霧水——

「小葉月平常都這麼晚睡嗎？」

時鐘的針指在快要十一點的地方。

「我是在夜店工作的，過了半夜才幫她換衣服、洗澡的情形也是有的，這孩子早習慣了。」

「如果真如你所說的，小葉月是我老爸的小孩，為什麼不早點過來說清楚呢？」

惠美有一會兒沒回應。小葉月的奶瓶空了的時候，她才回答：

「起初以為自己一個人就可以養她了。可是，我實在累壞了。畢竟，一個女人要一邊工作一邊養小孩是很勉強的。」

她取下裹著頭髮的大浴巾，啪一聲丟向小葉月。小葉月從喉頭發出笑聲，用浴巾玩起躲貓貓。

「接下來你要怎樣？一直等到我爸媽回來嗎？」

「可以讓我這麼做嗎？」

「呃……你所說的一切我不妄下斷言，因為我並不是我老爸，無法去肯定或否定——」

「我了解。」

「不過，我想總也不能在這種天氣下把你和小葉月趕出去。」

雨聲依然急切，風也很強勁。

「真體貼吶！」

「我去準備你們睡覺的地方。」

「等等再弄，我想先吹乾頭髮，麻煩你看一下葉月。如果她下了沙發，會爬來爬去到處玩的。」

惠美很快站起來，我戰戰兢兢抱起小葉月，把她放到地板上。嬰兒的關節軟趴趴，現在仍覺得它們隨時會脫臼似的。

小葉月精力充沛地爬來爬去，什麼都去碰觸或拉扯。看她一抓到惠美隨便放在沙發上的提包便順勢扯了下來，令我吃了一驚。嬰兒的手勁竟然這麼大。

惠美正在用吹風機。我連忙將東西快要全部掉出來的提包恢復原狀。

這時，提包裡掉出一個紅色皮夾。皮夾敞開了。

提包裡會有皮夾是理所當然的，裡面放有惠美的駕照。另外，還夾了三張照片。

一張是我爸媽的合照，最近拍的。好像是——趁他們兩人去購物時偷拍的。

另一張是我穿學生服的照片，一旁合照的是感情不錯的同學。照片中的我拄著枴杖，所以大約是一個月前拍的。

第三張照片嘛，有點奇特。

拍的仍然是我。我想是我吧！

不對，不是我。儘管長得像極了，卻是別人。

這張照片感覺比其他兩張老舊。和我長得很像的人物，穿著我所沒有（而且不合身）的西裝，和一個我不認識穿著水手服的女孩站在一起，他們滿臉笑容地面對照相機拍照。或許是心理作用，我覺得那女孩也和我長得很像。

腦袋有一會兒完全空白了。我不懂。

我完全沒有拍過這張照片的記憶，也不認識站在一旁的女孩。只知這張照片的拍攝時間是在夜晚，兩人站在熱鬧街道上，背景中可以瞥見沿著大樓側面細細長長跑動的新聞電子看板。把臉湊近仔細瞧，還可以看出看板裡有個「淀」字。

我瞥了小葉月一眼，她正拍打著座墊玩。我放下照片，看惠美的駕照。

大頭照是她，名字卻不一樣。

「齊藤惠美」。證件更換日期是今年的生日。

更不懂了。我凝視天空想了一下，然後匆忙將駕照上的地址抄下來。

她的真實身分究竟為何？目的何在？從這些照片推斷，她似乎很早以前就調查過我們一家人。站在我們家的立場，至少要掌握一些有關她身分來歷的線索。

吹風機聲音停止。我急忙將皮夾和照片恢復原狀，眼睛追逐著小葉月。她還在玩座墊。

惠美梳著頭走回來，看了我和小葉月一眼後，開始在房裡走來走去。她的眼光突然停在我之前丟在廚房餐桌上的參考書和筆記本。

「在用功啊！喜歡唸書嗎？」

「怎麼可能！」

惠美噗哧一笑。「說得也是。」

「不過，我對未來有夢想，即使不喜歡也得努力，否則就慘了。」

「你未來想做什麼呢？」

「醫生。」

這時，惠美一副說不出話的表情，似乎快哭出來、快生氣的樣子，她慌忙避開我的目光，對著牆壁眨了好幾次眼。

由於小葉月開始吵鬧，惠美抱起她，輕拍她的背。

「睡覺時間到啦？」

惠美哄小孩時，我陷入沉思。不久，小葉月睡著了。惠美說要睡沙發，所以我準備好枕頭和毛毯給她後，便回到自己房間。

可是，我睡不著。

4

隔天早上，雨停了。

由於天快亮時我才迷迷糊糊睡著，所以比平常還要晚起。匆忙下了樓，意外的是惠美竟然在準備早餐。

我正在放暑假。整個上午，我就在坐立不安的心情下陪伴小葉月度過。惠美也啃著指甲，很無謂地一會兒站起來一會兒坐下。

如果爸媽回來的話，會怎麼樣呢？老爸會怎麼說呢？

「你爸媽什麼時候會回來？」

「這個嘛……我想大概傍晚的時候吧！他們一到羽田機場，會先打電話回來。」

過了中午，電話一度響起。惠美摀著喉嚨，一臉吃驚而僵住的表情。

我朋友打來的。惠美深深吁了一口氣。

一點半又有電話。這次是打錯的。知道是打錯電話時，惠美好像頓失力氣似地跌坐在沙發上。

在等待期間，惠美幾乎沒開口說話。連小葉月笑時，她都會生氣地大罵吵死人了，而且還不停地瞪著時鐘看。

和她差不多，我也很緊張。不知道老爸老媽會說些什麼……

時鐘指針指在下午兩點三十五分時，惠美從沙發上站了起來。

她渾身發抖。

「怎麼啦？很害怕嗎？」

她沒回答，直視我的雙眼布滿了血絲。

「真的很煩耶！你這小鬼。」

她雙手握拳僵在身體兩側。

「你這小鬼……你這小鬼根本不懂什麼！」

我和小葉月一起坐在地板上，沉默地抬頭看她。

「我、我和葉月……太不公平了！為什麼？世上到處是像你這樣有爸媽疼的幸福小孩，為什麼葉月就——」

「惠美小姐。」

「騙你的！」她咬牙切齒地說。「全是騙你的，葉月的親生父親根本不是你爸爸。一開始我就很清楚這點。可是，我不知道該怎麼辦才好！她真正的父親早不知跑哪兒去了，我一個人不知道怎麼養葉月？我覺得你爸爸是個好好先生，應該很容易上當。所以，我想只要捏造個合理的情節，說是他喝醉的時候和他有的孩子，你爸爸應該會相信吧！只是這樣而已。」

她像搶奪什麼似地抱起小葉月，抓起提包。

「我本來想騙到底的。沒想到，到了最後關頭自己卻害怕起來。不行了，我受不了！」

她激動地搖頭，苦喪著臉低頭看我。

「對不起，全部都是謊言。」

她跑了出去，砰一聲關上門，留下我一人獨自望著大門。

這一切究竟是怎麼回事啊？

我發愣了一會兒，然後開始生起氣來。儘管有點太遲了，我還是追出去找惠美。

當然，她已經消失無蹤。

爸媽現在不在，我暫且無法傾訴此一莫名其妙的體驗。沒辦法，只好壓抑怒氣，讓心情先平靜下來。一個人生悶氣也沒用。

不過，腦海裡仍不時交錯出現疑問、憤懣、惠美的臉孔、小葉月的聲音、那些說詞，還有和我長得很像的人物的奇怪照片。

（葉月，他是哥哥喲。）

這句話閃過腦際時，我突然靈光乍現。

不會吧！

想到此，我在腦中一度否定這個想法。我跑進自己的房間，迅速翻出「昭和史年表」，找到想看的頁次時，有種快窒息的感覺。

爸媽回來的時候已經過了傍晚六點。我暗自竊喜，還好能在他們回來之前推斷出事情的原委。

「這兩天看家，沒什麼特別的事情吧？」老爸問。

「什麼也沒有啊。」我答道，並將小葉月玩過後亂糟糟的報紙慢慢摺好。

5

循駕照地址直到找到惠美，花了我一個禮拜的時間。

白天她在工作，不在家。小葉月大概寄放在托兒所吧！我在掛有「美里」小小門牌的公寓門前等候惠美的歸來。

一手提著超市袋子、一手抱著小葉月的惠美看到我時，臉上不由自主抽搐了一下。我連忙跑近她身旁，因為她似乎有點抱不住小葉月。

公寓收拾得很整潔，給人舒適的感覺。

一如我的推測，有個雅緻佛壇，上面供奉著一個嶄新的牌位。

「這是你先生吧！」

惠美略微點點頭，還帶著一絲不知該不該對我說的遲疑。

「為什麼你會來這裡？而且是一個人來？」

我盯著放在佛壇上和我長得很像的三十五歲左右男子的照片，插上線香後，我轉身面對惠美。

「駕照的名字和住址都是結婚前的資料吧，你一直沒去變更就塞在皮夾裡是吧？害我費了好大的勁才找到這裡。」

惠美小聲地喃喃說，我有駕照，但不敢開車。

「我都知道了。」

我慢慢地說。

「我都知道。不過，我爸媽並不清楚我知道了什麼，我一直沒告訴他們。」

「你一直說知道，究竟知道什麼？」

惠美小聲地問。玩著布偶的小葉月不知在高興什麼，笑個不停。

「我是人工受孕生的小孩，而且是透過ＡＩＤ，也就是非配偶之間的人工受精。我爸沒辦法有小孩，所以和我媽商量之後，決定進行這樣的手術。從嚴謹的遺傳學觀點來看，我不算是我爸的小孩。我知道這件事是在動完腿部手術，麻醉藥剛退、還沒完全清醒的時候。這種時候反而可以更清楚聽見周遭的聲音。」

惠美抬起眼。

「動手術的時候……」

「那是半年前的事了，我出了一場車禍。」

我騎自行車外出時，被捲進不當左轉的大卡車後輪。雖然幸運撿回一條命，但全身都是縫合的傷痕。左腳的傷特別嚴重，屬複雜性骨折，動了兩次手術，到現在還沒完全康復。

「我知道你受傷的事。可是，想不到小聰君那時你已經知道自己的身世。」

惠美一直盯著自己的手。

「由於傷勢嚴重，輸了好多血。我爸媽和主治大夫商量好多事情，包括血型等等。」即使現在，一想起車禍的事都還是覺得痛苦難當。

「起初真的打擊很大。不過，養育我到這麼大的是爸媽，特別是發生意外時，爸媽都擔心得要命。所以他們倆才是我真正的父母親。」

惠美和我的視線交會。我點點頭，惠美微微一笑。

「據說ＡＩＤ後來引發各式各樣的問題，所以現在很少人採行這種受孕方法。不過，我爸媽一直過得幸福美滿，而且把我當親生兒子一樣扶養……也就是說，我們家是極少數成功的例子。」

其實，如果不是那時他們商量說溜了嘴，不管誰說了什麼，我都不相信自己和老爸沒有血緣關係。

「所以，什麼ＡＩＤ之類的事，已經和我無關。儘管如此，我心知肚明。因此，當你說小葉月是老爸的孩子時，我立刻知道那是騙人的。有好幾次都要脫口而出了，但我終究沒說出來，因為我想隱瞞已經知道老爸不可能有小孩的事實。」

小葉月對著我玩起躲貓貓。

「然後呢？」

「你和小葉月離開後，我馬上就弄清楚了。就像你自己說的，雖然想騙我說小葉月是老爸的小孩，但還是沒辦法——你只是想這樣而已。可是，這整件事和其中一張照片就太奇怪了。」

我致歉之後，說明了從她提包中偷看過她的東西一事。

「那些照片，最上面兩張雖然是最近拍的，但第三張不一樣。我早該察覺其中的意義。那張照片的背景正好有拍到新聞電子看板，裡面可以看出有個『淀』字。淀號劫機事件發生在一九七〇年，距今剛好是十九年。」（編按：淀號劫機事件為日本有史以來的第一次劫機事件，是日本的一個極端組織「赤軍」為建立「世界革命陣線」，於一九七〇年三月三十一日劫持日航波音客機淀號飛往朝鮮的恐怖事件。）

惠美慢慢地點點頭。

「這麼一來，照片中長得像我的人，當然不是我啦。雖然很神似，但並不是我，而是十九年前，一個和我現在差不多年紀的男人。」

我轉身面向佛壇，惠美也抬起頭來。

「沒錯。那是我老公和他妹妹的合照。我老公當時才十六歲，所以和這時候的你長得很像，你甚至比他看起來老成多了。時代不同的關係吧！」

惠美從提包中找出照片，放在桌上。我再次仔細端詳照片中人的面孔。

還真像。但不是我。

生物學上，這個人是我的父親。

「我們是前年春天結婚的。我和我老公是同一所大學醫院的同事，他是婦產科住院醫師，我是護士。」

「職場婚姻呀！」

「是的，我立刻懷了葉月……那時我還不知道我老公是ＡＩＤ的捐贈者，連他自己也忘了。畢竟，那是他二十歲時候的事。他告訴我這件事是葉月出生時，好像是他唸醫學院的時候捐贈的吧。當然，他的精子在什麼時候提供給了誰，是絕對保密的。」

「你曾經覺得排斥嗎？」

「完全不會。因為，我老公只不過是捐贈者，對吧？而小孩的母親一定是人工受孕的。」

此時，惠美突然洩了氣似地笑笑。

「之前，我是這麼認為。老公因意外死亡後，大約隔了三個月……小聰君你被抬進我工作的醫院。你可知道為何會被送到那家醫院嗎？因為你是在那裡出生的。」

「我一直都在那裡看病。」

「當時，我覺得呼吸快停止了。你和我老公年少時長得一模一樣。因此，我想起了ＡＩＤ的事。從年齡來看也是，你十四歲，我老公如果還活著是三十五歲，實在太吻合了！可是，就算我查病歷、問了人，還是無法證實你是這樣誕生的小孩。根本無從查起。」

這時，惠美向我低頭致歉。

「如果能夠因此放棄就好了。可是，我當時變得有點歇斯底里。結婚不到兩年，老公就死了，所以一見到和老公長得很像、說不定是葉月哥哥的你就在身旁，當然受不了，怎麼也想查清楚。不過，我總不能當面跑去質問你爸媽，硬要他們回答『是的，沒錯』。」

「所以，你才撒謊說小葉月是我爸的孩子。」

「真的很抱歉。」

惠美的聲音像要斷氣似的。

「如今想起來，也不清楚自己為何會那樣。只能說當時是鬼迷心竅，為的只是想從你爸媽的口中證實你是ＡＩＤ的小孩罷了。我觀察你們一家人的期間知道了很多事，所以不難編出這樣的謊言，說我是你爸爸常去的酒吧的女人。」

老爸的脾氣固然很好，但不是他做的事，就算帶了個小孩來，他也應該會一口否認。如此一來，他必定得說出有關我出生的事。原來如此。

「可是，一旦最初的狂熱冷卻下來、頭腦清醒時，我就再也無法忍受自己所做的事。

而且和你相處一陣子之後，心情也寬慰許多。你對葉月很好，就算找不出確切的證據，我也覺得很感動。你和葉月簡直就是兄妹了！因此，還沒和你爸媽碰到面，我就那樣奪門而逃了。」

惠美瞟了佛壇一眼，顯得更怯弱了。我會被老公罵的，她說。

「我該怎麼跟你道歉才好呢？」

我開朗地說道：

「你不必道什麼歉啦。我從以前就知道ＡＩＤ的事，而爸媽還不知道我曉得了。我也沒對誰有不滿。只是──」

「只是？」

「我想偶爾來看看妹妹，可以嗎？」

小葉月比惠美還搶先回答了。

「大──樣。」

小葉月說著咧嘴而笑，露出剛長出來的牙齒。

仙人掌之花

1

「請叫他們別再搞了。」

年輕的老師猛然擴開肩膀、叉開雙腳勸告道。他的太陽穴在微微跳動著。

「無論如何，務必要他們別搞了。否則，請讓我別幹了。」

權藤教頭（譯註：教頭相當於訓導主任）不禁玩起桌上的文件夾。他心想，請讓我「別幹」了，是請讓我「辭職」的意思嗎？（編按：前句中的日文動詞為「止」，與後句中的「辭」兩者發音相同）於是他說：

「宮崎老師，你剛所說的話可以正確寫出漢字嗎？」

這句話像在怒氣騰騰的滾燙熱水中倒入冷水——宮崎老師傻了眼，真是個潑冷水的傢伙。權藤教頭心想，煮中華麵的祕訣，就是絕不可忘記中途要加水，然後再煮一會兒便可以關火。

可是，宮崎老師並不是中華麵，他正火冒三丈，且怒不可抑地快噴出火來了。

「教頭當我是傻瓜。」他雙手握拳，臉漲得通紅。

「沒這回事。如果我真的惹你生氣，很抱歉。這陣子，我頭疼小朋友們同音異字詞彙測驗的成績低落，才會脫口而出。」

權藤教頭懇切地說明。宮崎老師激憤的情緒慢慢降下來，但態度仍很強硬。「降下」與「強硬」（編按：這兩個詞的日文漢字為「降下」與「硬化」，發音相同）。原來如此。即使權藤教頭剛才說的不是百分之百的事實，但也並非完全胡扯。他真實地想起宮崎老師班上發生的同音異字詞彙測驗事件。

那是第二學期最後一堂的國語課，大約是一個月前的事。宮崎老師對六年一班的小朋友們進行同音異字的詞彙測驗，共出了十二道題目，要他們在用平假名寫出讀音的詞彙旁填入適當的漢字，有多少個同音異字詞彙則會先標示出來。所以，小朋友們在填寫正確的漢字詞彙前，便已經知道有幾個同音詞，一旦漏掉一個，就無法拿到滿分。

引起議論紛紛的是其中一題讀音為「kougai」的詞語。這道題的下方提示了同音異詞共有十個，還舉出一個例子「慷慨」。也就是說，小朋友們要想出其餘的九個。當然，不可以翻字典。

「公害」與「郊外」，班上約有八成的小朋友寫出這兩個詞。而填出「口外」（洩漏之意）的只剩六成。進一步能填寫出「校外」、「迮害」、「構外」（圍牆外、廠外之意），答對六個同音異詞的小朋友，全班二十六人之中有十二人。就算這樣，權藤教頭也都已經很驚嘆了。當他得知，能填寫出另外兩個詞——「梗概」與「口蓋」（上顎）——者有一個小朋友，他更是由衷的佩服。

可是，還有一個同音異詞。最後這個詞，六年一班的小朋友們真的想破了頭。坦白說，連權藤教頭自己也拚命想，然而憑記憶怎麼也想不出來。

六年一班，沒有小朋友拿到滿分。據說，宮崎老師邊發解答與測驗卷，邊把小朋友們痛罵一頓（「痛罵」〔編按：日文為「罵倒」〕一詞日後成了六年一班某個小朋友的口頭禪。權藤教頭對這名小朋友詞彙知識的豐富仍感到佩服不已）。

「kougai」最後一個同音異詞的漢字是「蝗害」，即蝗蟲的災害。教頭還坦承，為確認這個詞，他特地去查字典。

測驗一結束，學生們立刻噓聲四起，像對棒球場上演出犧牲打的投手發出如百萬隻蝗蟲振翅飛舞般的鼓躁聲，而且傳到權藤教頭的耳裡。

在教頭的辦公室商討時，宮崎老師斬釘截鐵地說：

「我只是在測驗應有的學習力。」

「可是，連我也寫不出來。那我也不及格囉？」

面對權藤教頭的反問，宮崎老師只應了一個字，「哼」。

想起那次的騷動，權藤教頭心裡多少有點沉重。因為，要安撫一群氣炸了、有正當理由生氣的小朋友們是很費勁的事。

這次該不會發生同樣的事吧！不會吧！可是——

把文件夾放回桌上，教頭交握粗糙的手指。這姿勢和教一、二年級小朋友唱童謠學數數，玩手指遊戲時一樣。讓小朋友們唱童謠或聽故事，是權藤教頭特別爭取到的課程。

「不能隨小朋友們的喜好嗎？」

「絕對不行。」宮崎老師盛氣凌人。「絕不允許。」

「不過，六年級生的畢業研究課題，原則上應該是自由發揮的。」

「可是，如果課題超乎常理範圍，那就另當別論。」

教頭嘆了口氣。「知道了。」說著他摸摸自己光禿禿的頭頂。由於他的禿頭和鑲金的門牙，小朋友們給他取了個外號「生剝」（編按：日文「生剝」〔namahage〕的「剝」〔hage〕恰恰是禿子的諧音。再者，「生剝」乃日本秋田縣男鹿半島民間傳說的野獸名，有著一張青面或紅面獠牙的恐怖怪臉。每年十二月三十一日除夕夜，男鹿境內的年輕人便會頭戴鬼臉面具、披蓑衣、手持木刀水桶，扮成「生剝」到處嚇小孩不得使壞、偷懶，是一個相當有地方特色的民俗活動）。

「我去跟小朋友們談談吧！」

教頭走出辦公室，在走廊左轉，無精打采地爬上往三樓六年級教室的階梯。學校去年重新整建，樓梯的坡度改小，壁紙換成明亮粉彩色，走廊局部裝飾著精細木工。整個學校看起來像是兒童會館，而不像是小學。再過兩個月，權藤教頭二十五年的教職生涯，就要在這有如遊樂玩具一般漂亮的學校迎向終點。他要退休了。

六年級的畢業研究發表會，照慣例是在畢業典禮的前一天舉行。對權藤教頭而言，今年畢業生的發表會是他所參加的最後一次。

他「喲伊咻」地爬上三樓的最後一格階梯，想起前輩教師說的話。走去教室上課時，如果感覺上氣不接下氣的，也就是要退休的時候了。

「生剝來了！」

負責把風的小朋友大叫，轉角處嗖地掠過一個身影。他瞥見白色室內鞋上的一雙紅襪。他記得今天早上穿紅襪的是石田昭。

原本鬧哄哄的六年一班，在權藤伸手開門的瞬間，像等待什麼似地鴉雀無聲。權藤教頭推開了門。

二十六名小朋友——男生十四人、女生十二人——眼睛眨也不眨地注視著教頭。孩子們二十六雙黑白分明的眼珠子，像敏感的雷達般盯著「生剝」登場。

二十六名小朋友的二十六張桌子上，每一張都靜靜的坐著一個宮崎老師口中不屑的「那個」東西。說它靜靜的，因為它是植物；說它坐著，因為它是盆栽。與眾不同的深綠色長形葉片上有刺，沒有開花。

「教頭老師。」

靠窗最前排的一個男生站了起來。是稻川信一。教頭只記得他是六年一班成績最好的小朋友，並且也是請假日數最多的小朋友。

原因並非他體弱多病。問他請假的理由，不是「因為昨晚看了一本很有趣的書，想一口氣讀完」，就是「走路來上學時，因為天氣太好了，覺得待在教室太可惜了」等等。

順帶一提，能夠寫出「梗概」和「口蓋」的也就是這孩子。

「教頭老師，我們無論如何都想做。」

其餘二十五顆小小的腦袋，隨著信一所說的話而一致點點頭。信一抱著和他的腦袋瓜差不多大的盆栽宣稱：

「因為，仙人掌真的具有超能力。」

2

那天晚上，權藤教頭拎了一瓶波本威士忌，來到秋山徹的公寓。

「是老鴉嗎？嘿，太棒了。」

徹先注意到酒瓶上的標籤，然後露出歡迎的表情。

「拿酒屋附贈的玻璃杯來喝它，會不會太蹧蹋了。」

「無所謂吧！好酒怎麼喝都是好酒。」

兩人在六張榻榻米大的房間，各自倚著書架和桌腳，不發一語地愉快喝酒。

「今年新年你有回老家嗎？」

「嗯，回去了。」

「可以喝到越乃寒梅（譯註：日本新瀉縣最有名的清酒）嗎？聽說，這陣子連當地人都很難買得到呢！」

「沒有。」徹沒有任何惋惜地回答。「下次，我們倆想辦法，一起去喝喝看吧！」

「好啊。」權藤教頭微微一笑。

瓶中的酒剩三分之一時，教頭開始緩緩描述今天發生的事。

「我想他們這麼渴求要做，一定有某種理由。」徹搔著後腦勺。「六年一班的小朋友們又要開始惹大麻煩啦。」

「這件事本身也沒什麼特別的麻煩。」教頭盯著玻璃杯底說。「主要是老師們反應過度。」

「有試著要小朋友們重新考慮嗎？」

「我曾試著問過他們，研究仙人掌的超能力是否適合當畢業研究課題。」

「他們怎麼說？」

「他們認為嘗試與異生物體溝通，對全體人類而言是具有意義的。」

「說這話的是山本直美吧？」徹吃吃地笑。「聽說那女孩將來的夢想是當女學者。」

「我該怎麼做好呢？」權藤教頭用力翻轉酒瓶說道。徹把自己的杯子拿近瓶口。

「照老師您想的去做就好啦，用一直以來的方式啊。」

徹用修長的手指推了推眼鏡，觀察似地看著教頭。

「我很意外，老師您竟會說出『該怎麼做才好』這樣的話來。我以為您像以前一樣，由於想讓小朋友隨自己的喜好發揮，在其他老師呼天搶地時，來拜託我說是我要學生這麼做的。」

「如果是來拜託你這事，就不只帶老鴉，至少也會拿瓶人頭馬白蘭地過來。」

「那說好了，代價就是今年的薄酒萊！」

「只要是酒，你什麼都好。」

「當然，和老師您一樣。」徹不吃虧地回嘴。清清嗓子後他繼續說，「老師您的夢想是見識世上獨一無二的酒，如果有那樣的酒，真想喝喝看。」

這是權藤教頭以前要六年級小朋友們寫一篇作文「我的夢想」時說過的話。小朋友們覺得很有意思，但部分老師、家長卻用如下說法狠狠地將他修理一頓：

「堂堂教頭老師，怎麼在小朋友面前說話那麼不謹慎！」

「我從一班的小朋友那兒聽來的。」

權藤教頭不好意思地笑了。

教頭與這位三年級大學生的相遇，也是拜六年一班的小朋友們「特立獨行」所賜。

去年五月，距離學校搭巴士二十分鐘左右的都立大型植物園開幕。園內的設施規模堪稱日本第一，舉凡熱帶、溫帶、苔原、沙漠、高山及其他各氣候帶的植物盡皆蒐羅其中。園內有座重現整個雨林的大型溫室。教頭也曾經花了三百圓買張入場券，十分愉快地參觀過。

這座植物園的開幕日是在平日，大概是因為議員無法在假日為開幕典禮剪綵吧！

這件事本身沒什麼，引起轟動的是只有開幕當天可以免費入園參觀，而且可以在大型溫室裡吃熱帶水果吃到飽。

六年一班的小朋友們沒錯失這個機會。他們早上和平常一樣到校，第一堂課一結束，他們就分成三組逃了學。要開幕剪綵時他們已在現場，後來他們花了半天時間慢慢地盡興參觀園區。當然，他們沒忘記吃了一頓珍貴的水果大餐。然後在第六堂課開始時，他們帶著心滿意足的神情回到學校來。

二十六名學生行蹤不明時，學校裡上演了一場混亂、驚愕與推卸責任的戲碼，因此相關人士當然不能接受學生回來後瞎掰的「一定是捲入異次元空間了」之類的謊話。追溯不出個什麼來，學校遂著手調查，不久便查出小朋友們跑去植物園的事實。

可是，這麼一來又衍生出其他疑問。二十六名小朋友，無論身材、長相看起來都是青澀學子的模樣。這般年紀的孩子們在平日的大白天裡應該待在學校，為何能混入眾多成人參加的開幕儀式，而沒受到任何人質疑悠悠哉哉地到處閒逛呢？

答案就在秋山徹。權藤教頭在事件平息了之後，對此一謎底很感興趣。在絕不洩密的保證下，他成功從兩名耐不住想要說出心中祕密的女生嘴裡套出答案。

原來，小朋友們跑遍都內的幾所大學，經過嚴格的評估後，相中秋山徹當他們的領隊。

「相處得很愉快呢！」

徹和知道了真相的權藤教頭會面時高興地說。「雖然我不打算當老師，但是扮演級任導師，搖著旗子帶領那群小朋友參觀植物園，實在是很有意義的經驗。」

「學生們為何會選中你呢？」

教頭這麼一問，他聳聳肩。

「我也覺得很有意思，便試著問他們。其中一位很有領導架子、名叫稻川信一的小朋友告訴我理由。一來，看不出我有女朋友的樣子。他們認為，女人既保守又大嘴巴，聽到這類的事情，肯定守不住祕密。二來，我看起來實在是很懦弱的樣子。近來，老師都是這麼畏畏縮縮的嗎？」

「嗯。畏縮的原因形形色色多著呢。」

教頭回答完開始大笑，然後帶徹出去大喝一頓。那個星期天，教頭邀請一班所有的小朋友到家裡來吃他引以為傲的手工中華麵。從熬煮雞骨湯頭開始，他按部就班煮出本格派中華麵，小朋友們玩得很盡興。

「那些孩子們究竟要研究仙人掌的什麼超能力呢？」

他們的杯子裡各自加滿了冰塊，徹饒富興味地問道。

「我也不是很清楚。據說是預知能力或是透視力之類的。」

「哦……那就太厲害了。小朋友都喜歡超能力。像我們那時候也流行過弄彎湯匙。」

「仙人掌要是能弄彎湯匙，就夠瞧了。」

徹大笑。「說得也是。不過，我聽過這種說法，說仙人掌具有情感，能夠理解人類的語言或音樂。」

「真是胡說八道。」教頭臉色一沉，然後突然想起什麼似的。他喃喃自語，「我們是仙人掌。」

「啊？」

「參觀植物園事件鬧得沸沸揚揚之際，稻川信一曾對我說，我們都是仙人掌。」

「那些學生都是這麼帶刺的嗎？」

「不，也不是。」教頭摸著下巴陷入沉思，接著不由得微笑起來。「其實是因為他們不讓任何人修剪。」

「嗯，那很好啊。」

徹望著遠方微笑，不一會兒他握著杯子稍稍把頭扭過去。

「不過，就我所聽到的，這次他們想研究的那個盆栽或許並不是真的仙人掌呢。那植物的葉子帶有長長的刺吧？」

「沒錯，而且生長在沙漠中。」

「沙漠植物並非全都稱為仙人掌呀！我總覺得那像是龍舌蘭。」

權藤教頭托腮發呆。「管他的。他們想做就讓他們去做。小朋友最認真了。」

「說得是啊。這不是老師您向來秉持的態度嗎？幹嘛特地跑來跟我宣告，這次您變得太軟弱了吧！」

「不知道。」教頭略略一笑。

「校長有說什麼嗎？」

「那個人忙著到處參加聚會、委員會活動，哪有空理會這些！聽說他明年退休後要競選區議會議員，所以有必要事先打通各種關係。和我比起來真是大大的不同，他真是精力充沛。」

「我不覺得你是在讚美他耶。」

徹直爽地說道。

「管他的，反正快要退休了，我的精力也磨得差不多了。自從我太太過世之後，我就變得這麼軟弱，所以，才會這樣跑來跟你發表戰鬥宣言。因為，他們一直要叫那些孩子停止和仙人掌交朋友，我正眼睜睜地看著一場大風暴即將掀起。」

「歐吉桑，請多加油啦！」

3

已經不只是「風暴」的程度。

隔天起引起的騷動若只以風暴稱之，就像指著珠穆朗瑪峰稱為高尾山（編按：日本關東山地東南端一座海拔約六百公尺的小山）一般。權藤教頭查字典，想找到更甚於「風暴」的替代詞。這段期間，一定要坐穩他教頭的椅子，別被風掃翻了。

宮崎老師開始拒絕來學校上課。他的理由是，小朋友們要搞那麼怪異的事，他是個正常的老師，根本拿他們沒轍。

「冷靜點，小朋友不過是好玩而已。」

權藤教頭當了二十五年的老師，頭一次這麼冷淡應對。對方氣得有點臉色發青，離開以前，他對於權藤直到現在還是教頭、始終沒能成為校長的原因，說了一段自以為是的理論。

他離開之後，教頭仰頭「哼」了一聲，然後挺直背脊。

「我可也是仙人掌！」他嚴肅地宣稱。

儘管大部分的刺已脫落，水分也減少，甚至喪失了活力，但他還是仙人掌，沒有被修剪過。

「難怪，所以我始終都無法成為壁龕裡的裝飾。」他又補充道，隨後孤寂地笑笑。

其他老師也施壓甚劇。不過，他們的理由和宮崎老師不一樣。他們認為，若同意一班那樣的研究主題，對其他班級而言並非良好的示範。的確，其他班級大都是「漢字的歷史淵源」、「日本的方言地圖」、「殘存於各地的繩文時代遺跡」之類等等，都是一些只要不用看誰臉色，即使經過千百年小朋友也不會主動提出的主題。

「那不妨也讓你們班上的小朋友自由提出他們真正有興趣的主題啊！」

對教頭的答覆，擔任教務主任的女老師揚起眉毛回說：

「這種自由研究可不是玩玩。最優秀的作品還要拿去參加東京都的競賽，事關學校的名譽和我們的名聲耶。」

教頭模仿宮崎老師不屑的模樣，隨即在還沒被激動的女老師揪住之前，迅速退回辦公室。那天晚上，他喝了可以消災解厄的燒酒「鬼殺」後，便早早上床睡覺。

和家長之間的戰爭也是烽火連天。雖然有些家長抱著有趣的態度看待這件事，畢竟是少數中的少數。無論是對學校讓學生做奇特的自由研究，或是沒採取任何措施便放棄的宮崎老師，大部分的家長都非常生氣。權藤教頭於是召開說明會，不厭其煩對家長們說明，第三學期（編按：日本的學制與我們不同，小學、國中、高中一學年為三個學期）的課業將由他親自擔綱，以及在尊重小朋友們的意志下讓他們做自由研究是有意義的。

挽救的唯一之道，是六年一班的小朋友們在各自家中繼續奮戰，堅持到底。雖然大人們也頗難搞定，但小朋友們更是團結一心，意志堅定。

在權藤教頭如此苦心折衝期間，六年一班的小朋友們每天正常到學校上課。二十六個盆栽也從學校消失無蹤。

「不知他們在哪兒繼續做研究？」

事件發生後的一個禮拜左右，徹帶著胡麻燒酒前來看他時，教頭提出這樣的疑問。

「那些孩子們像忍者一樣不動聲色地在進行！」

「要不要我出面去探聽看看？」徹自告奮勇。「隨便找一個來暗中問看看，說不定也可以順便瞧瞧他們研究進行的情況！」

「只要進行得順利就好了。」

「如果那些孩子們的仙人掌能夠預言股市的話，那就好得很了。對了，來嚐嚐這個吧！味道很棒。」一說完，徹舉起倒滿胡麻燒酒的杯子。

一如約定，隔了三天左右，徹打電話來。他表示，知道小朋友們的研究地點了。

「在稻川信一家，我和他碰過面了。看來進行得相當順利。」

信一家是棟精巧的鋼筋水泥三層樓建築，他們住一樓，二、三樓租給別人。地下室有停車場，提供車位出租。小朋友們多半就是在那裡進行研究的吧。

「白天車子開出去以後，停車場就空了下來，地方夠寬敞，足供所有的小朋友進入。」

「你看過裡面了嗎？」

「可惜，他們不讓我進去。聽說那些孩子們為了仙人掌，正努力要把那裡變成溫室。由於地下室的濕度和熱度都很高，信一渾身汗臭味。」

每天身處冷戰之中，這個消息令教頭很欣喜。不管做什麼研究，只要進展順利就值得高興，興致也才會昂揚。

可是，接下來的兩個禮拜，權藤教頭都處於極為不利的個人奮戰狀態。

4

「學生們精神錯亂了？」

接到電話、飛奔進教職員辦公室的女老師嚷嚷著，權藤教頭瞪大了眼睛。

當時，有位理科老師在，他正在說著最近發生在實驗室的竊盜事件。據說不知何時，兩個燒瓶和一個酒精燈不見了。然而，因為這時太意外了，正在說著的事情竟然從老師的腦裡一掃而空。

「沒錯。聽說他們無緣無故大叫，還蹦蹦跳跳。而且四周都是燒過的蚊香，像山堆一樣。」

「蚊香？」

女老師大吃一驚之餘，似乎也看出教頭有點驚慌失措的反應。她露出不懷好意的眼神笑著。

「該怎麼辦？」

「不管怎樣，我們立刻去瞧瞧吧！地點在哪裡？」

「稻川信一家。」

他們迅速離開校園，搭上計程車直奔信一家。雖然只花了二十分鐘左右，教頭卻覺得有一個小時那麼久。

一下了車，有個三十歲左右的女人背對信一家，一副很焦急的樣子在等待著。她朝教頭兩人跑來，眼看就要飛撲而上。

「你們是老師嗎？電話是我打的。我住這裡的三樓，今天有點事到地下室的倉庫，在停車場看到稻川先生的兒子。」

然後，她抓住教頭的衣袖，制止他前往建築物。「不行啦。那些孩子們已經把門鎖上了。」

「鎖門？他們還在鬧是嗎？」

「不清楚現在的情況，但我看到時，的確是這樣。」女人慘白著臉，用力點點頭。「他們發瘋似地在吵鬧，還跳進游泳池裡。」

「游泳池？」教頭非常吃驚。

「嗯。是給小孩子玩水的那種塑膠製的水池。有五、六個小朋友在裡面蹦蹦跳跳，周圍還有一些小朋友在嬉鬧。加上點了蚊香，煙燻人，味道又臭。」

女老師目光銳利地看著教頭。

「小朋友很容易受到暗示。他們一定是太熱中什麼超能力，暫時陷入歇斯底里的狀態。」

教頭背脊發涼。

「總之，先說服他們打開門。」

這時，引人側目的門打開了，信一走了出來。他的動作有點遲緩，但既沒抓狂也沒有怎麼樣。他發現愣在一旁的教頭們，便微笑行了個禮。

女老師先回去後，權藤教頭一個人留在現場和信一談話。信一說，他一個人在停車場打掃。

教頭瞄了一眼停車場內部，沒什麼特別不尋常的地方。水泥地打掃得很乾淨，還灑了水。也沒見到什麼塑膠製的水池。

空氣中只飄散著一股蚊香的燻味。

「為什麼要在這種地方點蚊香？」

信一坦率回答。「每次打掃停車場都會被蚊子猛叮。這裡很昏暗，連冬天都有蚊子。」

總覺得信一隱瞞了什麼，不過，教頭沒追問。這孩子若真做了什麼危險的事，是不會瞞著不說的。所以，如果他什麼也沒說，就沒必要再逼問。

「自由研究有進展吧？」他只問這件事。信一高興地點點頭。

「非常順利。敬請期待研究發表會。」

「當然。」教頭這麼回答後，又補上一句，「快換掉襯衫，別感冒了。」

雖然是冬天，信一卻像是剛跑步過一樣，一直在擦汗。

和小朋友分手後，教頭從停車場爬上地面的道路。秋山徹正嘻嘻笑地倚著他的老爺愛車。

「你怎麼會在這裡？」

徹環視四周，確定沒有其他人之後，他壓低聲音回答。

「我來幫那些孩子們逃跑的。」

教頭已經數不清今天是第幾次瞠目結舌了。

「我都快變金魚眼了。」他摸著額頭喃喃自語。「你什麼時候到這裡的？」

「那女人跑去打電話時我就到了，還和她擦身而過。小朋友們完全慌了。我成了救援隊。」

「全慌了？那麼，那女人說的是真的囉？小朋友們真的在那裡又蹦又跳？」

「沒錯。」徹答道。「當然也有水池。不過，您放心，那些孩子並沒有集體抓狂啦。」

教頭遠遠望著剛才信一走出來的門。他問徹，他們究竟在那裡面用仙人掌進行什麼樣的實驗。

徹悠哉地說：

「期待發表會吧！仙人掌的超能力若屬實的話，就太勁爆了。」

5

畢業研究發表會這一天終於來臨。

發表順序按抽籤決定，六年一班抽到最後一號。權藤教頭感受到齊聚會場上家長們與教師們冷漠的眼光，一面不停拉鬆領帶，一面觀賞小朋友們的發表。

輪到一班時，稻川信一率先從隊伍中站起來，很珍惜地抱著那個盆栽。

他從容不迫地走上舞台，將盆栽放在講台上，調整好麥克風的位置後，緩緩開口說道：

「我們一班，進行了與某種植物溝通的研究。」

他環視台下聽眾一圈。大家都目不轉睛盯著他，靜待下文。一班的小朋友們也在一旁隨時待命。權藤教頭從口袋中掏出手帕，猛擦額頭。

「研究的對象就是這個盆栽。這是生長在墨西哥等沙漠地帶的一種龍舌蘭。我們成功地和這種植物達成溝通，發現它們具有透視力和感應力。接下來，我們想請大家體驗一下這個實驗的成果。」

會場一片嘩然。教頭忍不住吞吞口水。

一班的小朋友們紛紛離開自己的座位，分散在會場中，手裡分別拿了一疊白紙和鉛筆。信一開始說明。

「接下來，我們一班的二十五位同學會從會場中選出適當的人選，交給他們紙筆。被選到的人請在紙上寫下某個問題，什麼樣的問題都可以。不過，請注意，別讓其他人看見內容。寫好，請把紙筆交還一班的同學。」

小朋友們開始分發紙筆。權藤教頭環視會場，發現未來的「女學者」山本直美，把紙筆遞給坐在後面的秋山徹。教頭直直盯著他們看，直到徹把紙還給直美。這時，他和徹正好四目交接。徹點頭微笑。

意外的是，權藤教頭的面前也遞來一張白紙。他一寫完，穿紅襪的石田昭一臉正經地收下。

「那麼，請一班的同學把收集到的紙張拿到我這兒。」

遵照信一的口令，小朋友們走上舞台，依序將紙張交給他。信一把收集到的二十五張紙整齊疊好，放在講台的盆栽旁邊。

「我們終於要正式進入透視力的實驗了。道理很簡單。現在，這個盆栽要讀取當場選出的人選、未經任何準備所寫下的問題，然後再以心電感應將讀到的訊息傳給我。」

會場上議論聲四起，有些家長站了起來。

「請各位回座位上。」信一非常沉著。「在盆栽和我讀取問題後，請寫下問題的那個人站起來，告訴我們是否說對了。」

信一靜靜取出最上面的一張紙，然後把它放在盆栽下，他的手則輕輕碰觸盆栽的綠葉，閉上眼睛。

信一沉思默想的時候，山本直美面向聽眾說道：

「我們班上每個同學都買了一盆相同的盆栽，然後每個人都試著和自己的盆栽進行心電感應的實驗。最後，發現稻川同學與那盆盆栽的感應最強。」

台下一片沉默。權藤教頭很受不了地乾咳一聲。

「知道了。」信一抬起頭，手離開盆栽。「請問是哪位寫說想知道今年巨人隊會不會獲勝？」

他巡視了一遍聽眾席。嘈雜聲中，秋山徹搔著頭站了起來。

「沒錯嗎？」

「嗯，完全對了。」徹回答。「我真的這麼寫。」

信一從盆栽下面取出紙張，攤開來讀了一遍。他點點頭。

「的確如此，我們說對了。謝謝。好，我們再繼續。」

再一次重複同樣的步驟後，信一又說：

「下個星期天要和家人去箱根，如果能知道那邊的天氣就好了。請問這是哪位寫的？」

咦！一聲驚嘆，坐在中央的一個女人，手摀著嘴站了起來。

「大地震真的會來嗎，是哪一位寫的？」

「哪一位想知道郵購的玩具貨車寄送到的日期？」

「誰想知道是否會抽中國民住宅？」

「有沒有人寫了請猜猜我鞋子的尺寸？」

就這樣，寫下這二十四個問題的人，紛紛以吃驚、苦笑或不可思議的表情站起來。

第二十五個問題輪到教頭。信一平滑光亮的眉宇間擠出皺紋，手一直放在盆栽上。不一會兒，他說話了。

「我們也一樣。」

教頭寫的是：「和你們這些仙人掌分開是很寂寞的。」

「盆栽完全正確讀取問題，並以心電感應傳給了我。本實驗很成功。植物是有心的，請大家一定要愛惜植物。」

信一走下舞台。全場響起拍手聲。

徹來訪是畢業典禮過了一個禮拜以後的事。

「老師，退休生活過得如何？」

寬敞的家中，權藤教頭一人獨居。不，他已經不是教頭，也不是老師，而是孤零零的一個老頭。這陣子，他一直在整理書籍和照片。

「我今天是來當快遞的。」

徹說著拿出一個小包裹。包裹用淺咖啡色的防水紙包裝，上面綁著麻繩，還用紅緞帶打了個歪七扭八的蝴蝶結。打開一看，出現眼前的是一個裝日本酒五合瓶的盒子。（編按：五合瓶，合，容積單位，一升的十分之一，一合約為〇．一八公升。日本酒常見的瓶裝大小有一升瓶（一千八百毫升）、五合瓶（九百毫升），以及四合化粧瓶（七百二十毫升））

「今天要暢飲和風酒嗎？」教頭問，徹用力搖搖頭。

「請先看一下這封信。」

原來，裡面有封信和盒子放在一起。薄薄的藍色信封裡，整齊摺疊了一張信紙，上面寫了一行很短的文字：

「生剝仙人掌老師，感謝您沒有變成校長。」

下面署名是「六年一班全體同學」。

權藤教頭把信讀了三遍。然後，他抬起頭看了看酒瓶，再望著徹的臉龐。徹滿臉笑容地說：

「什麼植物的心電感應實驗，完全是騙人的啦！發表會那天，一班的小朋友們耍了一場把戲。」

「那個透視術？」教頭張大了嘴。

「那個把戲，只要會場上有個打手就可以搞定了。那天，我就是那個打手。太好玩了。」

「你們是怎麼辦到的？在便條紙上寫下問題的人真的都很吃驚，連我也嚇了一跳呢。」

「他們只是做了很普通的事，就是讀出紙上的問題，然後說出內容罷了。」

「可是……」

「信一沒看紙上的內容就把紙張先放到盆栽下，這樣看起來好像是真的感應到答案後才說出內容。那只不過是假象。事實上，在正確說出問題之前，他已經看過內容了。」

會場上小朋友隨機選人寫下問題，然後收回那些紙張送到講台上。那時，我這個打手寫好的紙張是放在最下面。要寫的問題，事先就商量好了。

我這個打手寫的問題他當然不用看就可以說對，我只要裝出很驚訝的樣子。然後，信一再從盆栽下取出紙張，那是收到講台時放在最上面的一張。當他唸出內容假裝是在確認我這個打手寫的問題時，其實當下他正在看別人寫的問題，接著，在下一個透視測驗中，他再裝出猜中了的樣子把它說出來。

「就這樣，他事先一一看過紙張的內容，卻讓人誤以為他是感應了紙張內容朝下的問題並猜對了。變這種戲法的基本伎倆叫做 one ahead system。」

教頭既佩服又吃驚。他困惑地嘟噥道：

「這些孩子竟然花了這麼多心思這樣搞，有什麼目的呢？只是要讓大家大吃一驚嗎？」

「才不哩！他們是想要做這個。做好之後當禮物送給老師您，這才是他們真正的目的。由於做這個需要很多那種植物，如果不吭聲合力買一堆來，怕會引起別人懷疑。因此，他們才以研究超能力為藉口。」

「不過，這究竟是什麼啊？」教頭拿起瓶子。

「龍舌蘭酒啊。」徹答道。「從龍舌蘭提煉的『火之酒』。」

教頭跌坐下來，差點失手滑落瓶子。

「因為您，小朋友們可以做他們想做的事。所以，他們下定決心要在畢業研究中做出禮物送給老師。就是這瓶酒。那些孩子們一直記得老師的夢想。」

世上唯一的一瓶酒，應該就是這瓶了。獨一無二的酒。

「他們究竟是在哪裡弄到盆栽的？」

「那個植物園啊！我也因此才想起園內當時設有製酒原料植物專區『Spirit of Spirit』，裡面放了各種樹苗和盆栽，現場也出售觀賞用盆栽。那些孩子竟然想得到好好彈性利用此點。」

「真是的！」教頭撫著臉頰興嘆。「可是，龍舌蘭酒這麼容易製造嗎？」

「其實也沒那麼難啦。首先，將龍舌蘭的塊莖蒸好。」

教頭想起來了。小朋友們的研究地點有很高的熱氣和濕氣。

「然後，將其榨碎收集汁液，讓它發酵。」徹苦笑了一下。「到『榨碎』的步驟時，那些孩子似乎開始玩瘋了。」

之前他們在游泳池裡蹦蹦跳跳的那次事件。教頭笑了。

「他們是用腳榨的囉？」

「嗯。他們完全把腳洗乾淨了才進去踩的。」

「點蚊香又是為了什麼？」

「本來是不想讓人發現酒味，沒想到成了反效果，他們好好檢討過了。發生那個事件以後，已經沒辦法在信一家繼續做，所以最後的蒸餾作業是在我的公寓弄的。」

教頭驀地張大了眼睛。「等一下！學校實驗室不見了的燒瓶是——」

「應該已經還回去了啦。」徹笑咪咪地說。「原本他們要直接送這個過來的。可是，沒想到發表會的表演竟然造成轟動，他們必須暫時等事情平息下來再說。」

「嗯。」教頭抹抹腦袋。

「啊，對了。還有一樣東西，絕對不能忘了。」

徹穿越過庭院，走近停在路旁的車子。他把手伸進車窗內，取出一盆盆栽。

「你看，這就是信一手上拿的那個盆栽。只有這盆沒做成龍舌蘭酒。」

教頭伸手接過盆栽。在那不起眼的葉片上，單單開著一朵鮮紅的小花。

「聽說龍舌蘭一生只開一次花。」徹說道。

權藤教頭定定地凝視著龍舌蘭酒、龍舌蘭花，還有那張信紙。

「……感謝您沒有變成校長。」

字逐漸模糊不清了，真是沒辦法。

賀電殺人

「書信的祕密，不得侵犯。」——據日本憲法二十一條

1

彥根和男正快速穿過大廳裡盛裝打扮的簇擁人群時，聽到背後的招呼聲。

「對不起……」

轉過身，發現是他認識的人，臉上立刻浮現出笑容地說道。因為對方是今天婚宴上的電子琴師。

「啊，你好。今天真是謝謝幫忙了。」

「託你的福，婚禮氣氛太棒了。」

對於彥根的讚美，對方客氣地笑了一笑。

「謝謝。那是因為新娘太美了，我也跟著彈得起勁。」

她本人更顯得迷人啊，彥根心裡不禁這麼想。

由於工作忙碌，他一直沒什麼機會和妹妹見面。幾天前妹妹打電話來時說，

「來婚禮彈電子琴的是個美人喲。要是老哥你的喜好沒變，我想她應該是你喜歡的那一型！」

當時他笑罵了一聲「胡扯」，不過，妹妹的直覺可真不是蓋的。這女孩臉蛋修長、皮膚白皙，是那種楚楚動人、令人疼惜的類型。

「請問……」

她欲言又止。好像有什麼事難以啟齒。

「什麼事？」

「嗯，是這樣的……」

彥根失聲地問：「今天婚宴上有發生什麼不好的事嗎？」

她連忙搖搖頭。

「不，不是啦。和您們兩家沒什麼關係……」

話說到一半，她用白皙漂亮的手捂著嘴邊低聲問：

「請問您是新娘的哥哥嗎？」

「嗯，是啊！」

「您是在警察機關工作吧！」

彥根點點頭。婚宴上司儀是這樣介紹他的：

「他是一位充滿幹勁的年輕刑警，目前在警察廳城南警察署的搜查課任職。」話說得佷好聽，事實上「充滿幹勁的年輕刑警」就是「剛上任的新手」。

「沒錯。您有什麼煩惱嗎？」

急著想替她解圍。她還是一副遲疑的樣子。

「是的。這件事和我沒有直接的關係，但我實在沒辦法袖手旁觀。剛好偶然得知這裡有個警察，我想說不定可以給我一些意見……不知可不可以耽誤您一點時間？」

看她述說時的認真眼神，彥根心想「真是楚楚可憐啊」。

老實說，他忙得很，根本抽不出空。雖說是新手，但他現在負責調查的「晴海莊分屍殺人事件」，是城南警察署轄內十年來第一次設立搜查本部的案件。連今天妹妹的婚禮，也是婚宴進行到一半才趕來出席，之後還得匆忙換好衣服再趕回去工作。

不過，他既是刑警也是男人。對方既然是自己喜歡的典型，自然無法板著臉拒絕。放過這機會，不是太可惜了嗎？

面對如此考慮的彥根刑警，美麗的電子琴師開口說話了。

「我想談的就是晴海莊分屍殺人事件。」

2

這事件發生在十一月十二日。

被害人名叫佐竹和則，二十九歲男性，在都內電機製造商「東京UNION株式會社」擔任營業員，單身一人住在公寓。當天是星期日，由於鄰居抱怨「隔壁鬧鐘一直響個不停，那房客卻不理會」，管理員拿了備份鑰匙開門，這才發現屍體。鬧鐘剛好設定在早上六點。而警視廳的通訊指令室接到管理員的報案是在早上六點二十四分。

倒楣的管理員打開門時，佐竹和則的屍體被支解成頭、身體、左臂、左手掌、右臂、右手掌、左腿、左腳掌、右腿、右腳掌等十個部分，分散放在一坪大的房間裡。要不是空氣中混雜了濃烈的屍臭與血腥味，這情景看起來真像是人體模特兒被拆散了。

警方立即展開搜查，沒多久便判斷被害人是當場在浴室浴缸裡被分屍的。只不過用來分屍的凶器等，到現在還沒找到。現場也沒發現任何不符合被害人的血跡。

此外，從房裡的家具、器皿、用具上面，驗出許多被害人以及還無法判別身分的指紋。

初步檢視的結果，被害人是因為後腦勺重擊致命，凶器判定是廚房餐桌上的玻璃菸灰缸。菸灰散落在餐桌四周，但沒留下半根菸屁股。此外，房裡沒有任何東西被拿走或翻動過的痕跡。現金、信用卡等也都原封不動地留在案發現場。

根據檢查被害人胃裡殘存物判斷，死亡時間應該是屍體被發現的前一天，即十一月十一日晚上十點至十二日的凌晨零點之間。到目前為止，還沒出現任何目擊證人在這段期間見到有人來過死者家或其他什麼可疑人物。

大家都認為這和晴海莊的構造有關。晴海莊是一棟三層樓鋼筋水泥建築，每樓各有三間房，可供九戶人家入住，建築的南側裝有戶外階梯。被害人的房間在一樓A室，大門距離戶外階梯只有兩、三步，如果有人想要避人耳目進出被害人的房間是很容易的事。此外，這個市鎮本身，近幾年突然蓋了許多類似的公寓大樓，居民們對「陌生人」也不以為意了。

事件發生後的兩個星期，沒什麼進一步的線索，搜查陷入膠著狀態。

3

三十分鐘後，兩人在距婚宴不遠的咖啡店碰面。

「不好意思，我叫做日野明子。」

她開門見山地說，微微低頭行禮，表示在婚禮上演奏電子琴已經整整兩年了。

「那個事件是看報紙才知道的，真嚇了一跳。因為我認識被殺的佐竹先生。」

「你的意思是？」

「事件發生兩個月前的九月十五號，佐竹先生在我們舉辦的婚宴中擔任司儀。當時，我也負責電子琴演奏。」

咦……這麼巧，這世界還真小啊！彥根心想。

「被害人佐竹和則非常擅於交際、能言善道，聽說他曾多次扮演這樣的角色。」

被害人的同事、前輩們的證詞也一樣。

任何地方都有這類型的男人。彥根也有這樣的朋友，常被找去主持集會或慶典，本人也樂在其中。

「是啊。當時和他碰面商量事情時，他還開玩笑說這是他第十二次擔任婚禮司儀。我們通常包辦會場，還會極力推薦專業的司儀。佐竹表示自己是半職業性了，要我們別擔心。果真如他自己所說，他是個很棒的司儀。」

「誰的婚禮呢？」

彥根從西裝暗袋中取出警察手冊。明子像為確定腦中的記憶般停頓了一會兒，然後不疾不徐地仔細回答：

「新郎是高橋良紀先生。新娘是野村繪理子小姐。」

她看著彥根記完後，又繼續說：

「新郎、新娘和佐竹先生都是東京UNION的員工，同期的同事。許多出席婚宴的賓客也和佐竹先生很熟。撇開這些因素，佐竹先生是我至今見過數一數二的司儀。只不過……」

她垂下眼瞼。

「最後發生了一件怪事。」

彥根無言地催促她說下去。明子輕啜一口玻璃杯的水。

「我想您也知道，九、十、十一月是結婚旺季，婚宴會場經常大爆滿。高橋先生的結婚日也是俗稱的『好日子』。」

婚禮的好日子，一對對新人常在婚紗店、拍結婚照的攝影棚、大廳擦身而過，今天的情況也是如此。

「在這種日子，工作人員也有限的情況下，只能全體靈活的輪派工作，但還是難免碰上莫可奈何或陰錯陽差的情況。高橋先生的婚禮碰上的是賀電遲到。」

「沒送到嗎？」

「不，送到了。只是費了一些工夫。給兩家的賀電交到司儀佐竹的手上時，上台致詞的貴賓只剩兩人。」

通常在所有致詞結束、向新郎新娘父母獻花後，司儀便要發表賀電。賀電若遲遲沒送達，司儀肯定會急得直跳腳。

「真是捏把冷汗啊。」

「沒錯。不過，佐竹先生對這種事習以為常了吧，當時他一點也不緊張，甚至還打圓場說：如果真來不及，我就為大家獻唱一曲，請伴奏準備好喲。」

相較之下，儘管事前已被慎重告知必須上台表演，但自己今天的獻唱只能說是荒腔走板吧！彥根的內心苦笑不已。

「今天你有注意到嗎？司儀背後有個用屏風隔出來的小空間。」

彥根試著回想。

「那個像試衣間大小的隔間嗎？」

「沒錯。那是為司儀、演奏者準備的，可以放預備用的麥克風、電線、樂譜、筆等，遇到緊急狀況時，還可以當成臨時商議室，以免賓客看見。我只瞄到佐竹先生在收到四、五十通賀電時，急忙衝進那裡。因為他要很快地將發賀電的人名看過一遍，選出適合發表的電文，並決定前後的順序。」

彥根點點頭。任何事情皆注重排序的日本人，當然講究發表賀電的繁文縟節。

「當時，我正站在電子琴旁，因為若是發表演說的賓客當中，剛好有人要即興獻唱一曲，即使沒事先說好，我也要為他彈奏。」

「的確會有這樣的人，今天婚禮上也出現了這號人物。」

彥根不覺笑出聲來。那人就是父親那邊的叔父，他根本不太會唱歌，但越是五音不全就越想唱。今天他也出其不意地跑上台，還高歌了一曲〈Hawaiian Wedding Song〉。

明子也被他逗笑了，露出整齊美麗的牙齒，但隨即恢復嚴肅的表情。

「不過，那人都已經表演完了，佐竹先生卻還沒出現。接下來也沒人要唱歌，我只好緊急下台，想悄悄溜進休息區幫忙。當我探頭進屏風細縫中窺看時……」

明子抬起頭來，露出一種至今仍無法理解的表情。

「佐竹先生直盯著一封賀電。一發現我在看他，似乎吃了一驚，立刻將那封電報藏了起來。」

「藏起來？」

彥根不由自主地傾身向前。

「怎樣的藏法？」

「他有點慌張──把那封賀電揉成一團後，轉過身來冷冷地問我：有什麼事？我還沒來得及回答，便聽到會場傳來掌聲，他也知道沒什麼時間了，於是一把抓起其他的賀電走了出去。」

「賀電的發表圓滿結束了嗎？」

「是的。佐竹先生處理得很好，他非常從容發表完賀電，真是不簡單。不過，據我的觀察，藏起來的那封賀電，不僅沒發表也沒交給新郎新娘。」

彥根皺起眉頭。

「你確定？」

明子有點猶豫又不知所措地點點頭。

「為什麼會知道？」

「因為我調查過了。」

這次換彥根一臉嚴肅的模樣。明子像是豁出去似地往下說：

「佐竹先生雖然愛出風頭，但他那樣做絕不只是出於好奇。當我知道佐竹先生被殺害後，隨即想起電報的事，所以想弄清楚。」

「你是怎麼調查的？」

「我們公司一收到賀電，在送到各婚宴會場前，會將收到的件數和電報號碼記錄下來。查閱這個紀錄，便可以知道那天給高橋夫婦的賀電有五十六通。我以婚宴後續服務科的調查人員身分打電話給高橋先生，但接電話的是太太繪理子，我提出幾個無關緊要的問題，其中穿插問道『你們確實收到了五十六通電報嗎？』她回答說：『不，是五十五通。』」

明子停頓了一會兒，看了彥根一眼繼續說：

「所以，我只好打馬虎眼說：『啊，不好意思，是五十五通，我誤看成其他人的紀錄了。』據她說，電報全都很整齊，沒有任何一通揉得亂七八糟。」

「原來如此……」

彥根摸摸鼻子下方。這是他深思時的習慣動作。

「的確有點奇怪。」

他喝起冷掉的咖啡。

「可是，你覺得這和殺人事件有什麼關係呢？」

明子也拿起咖啡杯，像盯著能反映過去或未來的水晶球般，凝視著杯裡。然後她反問：

「彥根先生，不知您原本是怎樣看待婚禮上發表賀電這件事？」

「該怎麼說呢……我從沒想過這問題。每場婚宴都會有賀電的嘛！」

明子認真地點點頭。

「沒錯。可是，仔細想想看，您不覺得這規定很奇怪嗎？沒有人有任何疑問，就這樣打破了『書信不得公開』的社會大原則。在第三者面前，公然拆閱給新婚夫妻的電報。」

她這番話令彥根無言以對。經她這麼一提，還真是沒錯。

「真傷腦筋，你要這麼解釋也可以啦。」

「你不覺得嗎？我這麼說是有我的道理的。結婚會收到哪些賀電，事前大家心裡都有數，也有的是自己拜託人家打來的。」

「嗯……該怎麼說呢？雖然我不是很清楚法律的規定，但新郎新娘委託司儀時，應該連同拆閱賀電的事也一併交給他了，所以，我認為這和不得擅自拆閱別人的信件是兩回事。」

說完後，彥根用另一種饒富興味的表情望著明子。

「可是，這規矩明明就很奇怪嘛。大家卻視之為是約定俗成的慣例，一點也不在乎。」

明子瞪著黑溜溜的眼珠回視彥根。

「何況不見得所有的婚禮都是這麼順利。例如，要是新郎新娘哪一方，收到了令人不愉快的電報。」

「有那樣的例子嗎？」

「當然，還不少呢。雖到目前為止，我只聽人說過。」

「到目前為止，你只……」

彥根露出笑容。「所以你認為，這次是那樣的例子？也就是說，佐竹先生藏起來的電報，會對高橋夫婦某一方造成不愉快囉？」

「不是某一方，電報根本是給新郎的。如果是給新娘的，佐竹和新娘兩人悄悄處理掉之後，我打電話去問時，新娘繪理子一定會回答『五十六通』的。」

有道理。彥根對著明子微笑。

「是嗎？可是，這樣就不難理解佐竹先生當時的舉動。我覺得，那通電報多半是新郎昔日女友或戀人惡意傳來的。佐竹先生一定是基於男性友誼藏起那通電報，而且在不讓新娘看到的情況下悄悄處理掉了。」

「直到佐竹先生被殺前，我也這麼認為。」

「他的被殺，令情況有所不同嗎？」

明子焦急地傾身向前，小手緊握著放在桌上。

「沒錯。由於報章雜誌大幅報導，我希望盡可能知道事件的詳情。據報導，警方好像認為這不是一件單純的搶案，而是被害者的熟人所做的？」

若要說是熟人犯下的罪行是有語病的，但的確很有可能是「認識」的人做的。因此，現在辦案人員正全力清查被害人的交友關係。

「你覺得警方為何會做此判斷？」

彥根刻意插話似地，有點惡作劇地問道。

明子數著指頭說：「一來他的房間沒有強行被闖入的痕跡或打鬥的跡象。也沒人聽到任何碰撞或哀叫聲。現金等也沒被人盜走。」

「沒錯。不過，不只這些。」

彥根雙臂交叉地靠在椅背，兩眼直視著明子。明子眨了眨眼，不一會兒，卻搖搖頭。

「那……我就不知道了。」

「還有，菸屁股呀！」

彥根的手改放到桌上。雖然覺得有點孩子氣，但他還是有種「怎樣，沒想到吧！」的心態。

「雖然有菸灰缸和菸灰，卻沒有菸屁股。也就是說，犯人曾在被害人的房裡抽菸。他怕別人從菸屁股查出血型，所以收拾過後帶走了。犯人之所以帶走所有的菸屁股，是因為他和被害人抽同樣牌子的菸，分不清哪根是誰抽的。」

明子迅速點點頭。但那並不是在表示贊同，倒像是在催促他快點道出更重要的事情。

「我瞭解了。不過，還是回到電報上吧！大家都認為犯人認識被害人，而由於某種下不了台的動機殺了人。不妨想一下，這樣會不會形成動機呢？那通電報暴露出新郎過去的隱私，如果佐竹先生不讓任何人看見而獨自掌握了它？接下來會引發出什麼呢？」

彥根覺得這時的氣氛，很像是深夜從車站抓來輔導的少女，讓她辨識買春客的名單。

「你的意思是佐竹先生企圖向人勒索？」

明子緩緩地點頭。

4

「等一下。你想得太遠了吧。」

他著急的模樣與明子認真的表情形成明顯對比，隔壁桌貌似上班族的兩人正在吃吃地笑著。

彥根用力清了清喉嚨。

「你的推測，全是基於假設吧！」

「我知道。正如你所說，這只是假設。可是如果站在這樣的假設上，可以揭開佐竹在高橋夫婦婚禮兩個月後被殺，而且毫無意義被分屍、棄屍的謎題的話……」

「分屍——」

彥根脫口說了這兩字便閉上嘴。剛剛那兩個上班族這會兒朝他們露出奇怪的眼光。明子沒理會地繼續說：

「——要是這樣的話，這個假設也有些真實性吧？」

彥根嘆了口氣。

「好吧，知道了。我會把你的假設，徹底查清楚。」

他對明子搖搖食指說：

「雖然我不是什麼搜查科的人，但好歹也是個專業的刑警。若我發覺你的話中有什麼矛盾之處，可由不得你胡說八道，知道嗎？」

明子點頭表示：當然。彥根繃著臉、舉手向服務生示意追加兩杯咖啡，便催促明子說：

「好，請你開始說吧！」

「彥根先生應該知道秋崎美千代這個女人吧？」明子坦白地問。

「當然。」彥根不甘示弱地回答。

將佐竹和則的屍體移出房間後，當局人員開始對屋裡的每吋地方進行地毯式搜索。當時，從吊在掛鉤上的被害人夾克口袋中，發現一個山梨縣K市酒吧「BRANCA」的火柴盒。

如果這火柴盒是屬於東京都或近郊的酒吧，大概誰也不覺得有求證的必要。單身男子身邊有一、兩個酒吧的火柴盒是理所當然的事。

可是，K市距離東京市中心，即使開車走高速公路也要兩、三小時才能到。沒有人特地為了喝一杯酒跑那麼遠。而被害人在K市沒有朋友或親戚，那裡也不是他跑業務的範圍。

詢問當地警察，那裡的確有一家BRANCA酒吧。酒吧裡的三名工作人員記得很清楚，被害人是在哪一天、為了什麼事來訪。

佐竹和則在九月十六日晚上，到BRANCA找個名叫秋崎美千代的女人。那天正好是美千代的頭七。

秋崎美千代的屍體是九月九日早上，巡警在她家附近的路上巡邏時發現的。乍看之下，可以知道她是被勒死的，屍體的服裝不整，看得出經過激烈的掙扎。雖然沒被搶的跡象，但檢查的結果可以明顯判斷她遭到暴力。而屍體附近潮濕的紅土上留下了急速開走的輪胎痕跡。

案發現場在大馬路旁尚未鋪好路面的小路上，這條小路是從站前的BRANCA到美千代公寓住宅區的捷徑。可是，兩旁盡是稀疏的樹林，以及到了夜間便渺無人跡的田地和整建空地，因此經常發生這類案子，連當地人都稱這裡是「色魔之路」。

自今年六月以來，實際已有四件報案。被害人都是年輕女性或女學生，其中有件案子，被害人還受了重傷，治療月餘才痊癒。雖然大家認為這些案子全是同一嫌犯所為，但現在四件案子都沒破。

不過，秋崎美千代的案子是首宗的殺人案。

九月九日與十一月十二日。相差兩個月左右被殺害的佐竹和則與秋崎美千代之間，並沒有不尋常的關聯。美千代從六月起在BRANCA工作，之前的半年期間，她在新宿的「Scehevazade」酒吧上班，而佐竹是那裡的常客。

BRANCA的一名工作人員作證說：

「那天晚上，佐竹先生一個人出來兜風，待他察覺時，車子已經開到相模原，想到美千代小姐在K市，於是順道過來看她。他完全不知道她出了事，所以一臉驚訝的表情。嗯，真的是目瞪口呆的模樣。」

K市警察數日後派了兩名搜查員，向佐竹問明這段期間的情況，以找出證據。雖然警方仍以臨時起意殺人為主要偵辦方向，但為求慎重還是做了這番調查。

明子繼續問道，

「K市警察是否就這樣停止調查兩人的關係？」

「他們判斷佐竹和則與美千代的被殺無關。聽他說明事情經過時，並沒有發現任何不尋常之處，至於開車兜風這一點，據說他以前就有一個人深夜開車遠行的嗜好。而美千代的關鍵死亡時刻，推斷是九日的凌晨一點到三點。那段時間佐竹留宿在東京友人的公寓。也就是說，他有不在場的證明。」

彥根打斷明子的談話，第一次以懷疑的眼神看她。

「對了，你是從哪兒打聽到這麼多事？新聞有報導得這麼詳盡嗎？」

明子笑了。彥根心想，自己真沒用！她只要露出笑容，自己便想卸除武裝。

「可以想見，彥根先生從沒看過晨間的電視節目。不過，不當班的星期假日不妨觀看一下家庭主婦最愛看的『八卦秀』。節目裡會討論到許多犯罪的話題。」

彥根嘆了口氣。全世界都熱中偵探工作啊。

「然後呢？重要的是秋崎美千代究竟做了什麼？」

「我想，秋崎美千代小姐就是發電報給高橋良紀的人。也就是說，美千代和高橋之間有糾纏不清的關係。」

兩人一時都沉默了下來。彥根搓了搓鼻下。

「也就是說，佐竹早打算在高橋夫婦婚禮的隔天去拜訪秋崎美千代？」

明子點點頭。

「不只這樣。美千代這女人或許還知道一些有關高橋過去的女性關係……總之，常去Scehevazade的是佐竹，不是高橋。」

明子微笑地說：「我還曾受邀過一次呢！」

「哦？」

「在婚禮舉行前的一個星期。大家最後一次討論完細節以後，已經是傍晚。佐竹先生問我，要不要一起去喝一杯。一旁的高橋聽到時說：不會吧，又是去『Scehevazade』？我之前去的時候，你的酒早喝光了。」

「你真的和他去喝了酒？」

彥根無論如何也想知道答案。明子笑了笑搖頭，他鬆了一口氣。

「我沒去。不過，就因為這樣我才知道，高橋也是『Scehevazade』的客人。即使沒發生這樣的事，交情不錯的男人之間，其中一人去慣了的聲色場所，很難想像另一人不曾涉足。」

彥根笑了一笑。

「可是，若是如此，佐竹不早就知道高橋與美千代的關係嗎？也許是基於男性友人間的默契或禮貌，他對繪理子只好緘默不語。」

對女性而言，很難理解這類事情吧！彥根心裡下了一個註解。

「說得也是。男人好像都把玩玩的對象和考慮要結婚而交往的對象分得很清楚。」

對於明子所說的，彥根只有代表世上的男人，露出難為情的表情。

「可是，知道高橋和美千代感情很要好，與明白美千代和高橋失和會寄來令人不愉快的電報，是有很大的差別的。我想，從佐竹驚訝的表情已充分顯示出，他是在婚禮的隔天匆忙趕到K市拜訪美千代的。而且我那時瞄到佐竹的臉——那張盯著電報看的臉，真的很奇怪。」

彥根試想當時兩人的對話。朋友要結婚了……恭喜，可是，那個酒吧的女人怎麼辦？

喔，那女人的話就別擔心，已經分手了。

可是，婚禮當天，沒想到那女子來了一通電報……

「然後隔天，連忙跑去拜訪那女人，她被人殺害了——」

明子點點頭。「男人在婚前和女人牽扯不清是常有的事，無論如何也該好好解決清楚。可是，若搞到要殺人的地步，那就另當別論。」

「充分構成勒索的原因。」彥根以指尖輕敲桌面。

「不過，這應該回溯到更早之前，美千代這女人要是真那麼愛高橋的話，為何會辭了『Scehevazade』的工作，回去K市呢？」

「美千代回鄉是因為她的母親病倒了。家裡只剩她和母親兩人，沒其他人可以幫忙照顧。」

「哇……我要是高橋，當時一定覺得超幸運的。但事到如今，那樣是否真的是幸運就不知道了。」

如果美千代還待在東京，而高橋與繪理子即將步入禮堂，這段畸戀一定在還沒到殺人的地步便曝光了。

如此仔細推敲之後，彥根發現自己此刻已經全面接受明子的推論。他心想一定要重新打起精神問她。

「你知道高橋的血型嗎？」

「A型。」

「為何你會知道？」

這話問得像是刻意在找碴，但明子一點也不在意。

「婚宴上有個會占卜的客人。他可以從血型、星座或姓名筆劃卜算新郎新娘個性合不合。那時候，高橋說他是A型。」

明子相當明瞭彥根問這問題的意圖。

「警方已經查出襲擊美千代的犯人也是A型吧！」

「沒錯。不過，光靠這個是沒辦法破案的。因為日本人多半是A型。」

「還有不在場證明的問題。」明子喃喃地說。

「不在場證明？」

「K市警察調查美千代的案子時，不是認定佐竹先生有不在場證明嗎？因為他住在朋友的公寓。你想，那『朋友』會是誰呢？」

「該不會是高橋吧？」

「沒錯。據週刊的報導，佐竹先生是這麼答覆警方的——『待在十五日要結婚的朋友公寓，兩人喝酒喝到天亮。』這麼一來，這『朋友』怎麼看都是高橋。而高橋也承認了這事實，所以佐竹的不在場證明成立了。」

「這麼回事啊。」

明子在彥根面前把右手掌張開，翻轉成手背。

「可是，反過來想的話怎樣呢？根據佐竹的證言，高橋不在場的證明也成立了。也就是說，事件發生的當晚，高橋是否真的待在自己的公寓，除了他們兩人以外誰也不知道，不是嗎？」

彥根吃驚地低頭查看手冊。

「K市警察向佐竹盤問當時的情形，是十七號吧？」

「沒錯。高橋夫婦正在度蜜月，不過是四天三夜的伊豆之旅，很容易打電話找到人。」

「我們先整理一下吧！」

彥根取出筆，釐清日期。

「秋崎美千代被殺是九月八號的深夜。高橋夫婦的婚禮在六天後的十五號舉行。佐竹看到電報跑去K市是十六號。隔天十七號，搜查人員聽取佐竹的說法……」

彥根突然抬起頭來。

「請等一下。聽好喲！美千代是八號被殺的。她如何能在十五號那天發電報呢？」

彥根滿懷信心地質問，明子卻像糾正小學生背錯九九乘法的老師般搖搖頭，

「電報可在送達日的十天前便提出申請。」

喔，這樣啊！彥根一臉掃興，她繼續說：

「我想，美千代一定在高橋結婚前，威脅他說要破壞婚禮。而高橋自然不能讓她亂

來，於是就在爭執的過程中把她殺害了……」

「但她還留下一通發出的電報？」

「嗯，一通電報掌握所有的關鍵。」

「有把柄落入別人手中的高橋，無法忍受對方的勒索，為滅口而殺了佐竹——」

若是高橋，至少和搜查本部描述的犯人相貌一致。佐竹的房門沒被撬開的痕跡，所有窗戶也從裡面反鎖著。因此警方推測，犯人應該和被害人很熟，是被害人開門邀他進去後才下手的。

彥根嘆了一口氣後表示，

「我完全明白了。這麼一來，可不能再放著不管了。你可不可以現在就和我去警署一趟？」

這次換明子制止彥根站起。

「等等。還沒說完呢！」

彥根睜大了眼睛。

「不只這些？」

「是的。殺佐竹的，不只高橋一個人。他應該有共犯。另外，佐竹為何會被人分屍成那樣呢？其原因也要……」

犯人為何非得把被害人分屍呢？支解屍體要花相當多的時間和體力，為何切下來的屍塊又會放在命案現場呢？這是本案中最不可理解的部分。

通常殺人犯支解被害人的屍體，是為了讓人難以查出被害人的身分，同時屍塊也比較容易處理。如果只是要將屍體棄置現場，根本沒必要冒險花時間支解屍體。

這個共犯會不會也知道其中的理由？彥根調整坐姿，注視著滿臉緊張的明子。

5

「我做這份工作之後，發現了許多有趣的事。」

明子用手指畫著杯緣，自言自語似地說。她看到彥根從口袋找出香菸，便立即將桌上的菸灰缸和打火機推到他面前。

「賓客們出席一場結婚典禮後，就可以立即把原本不認識的新郎新娘的經歷，到目前為止的家庭環境、交友關係等等搞得一清二楚，就像是讀遍他們的傳記、紀錄一樣。」

「因為媒人會介紹兩人的經歷。」

彥根心想，在大部分的場合，這樣的介紹過程像結婚蛋糕一樣華而不實。

明子微微一笑隱約露出了虎牙。

「婚宴上，不論是和新郎新娘有橫向關係的人，或是有縱向關係的人，都能超越時間的屏障，齊聚一堂。說穿了，因婚宴而有交集的人們，都可以比喻為新郎新娘的光環，不是嗎？」

光環。透過三稜鏡分析出的光序列。

此一光環並非沉默靜置的，他們會互相聊天、微笑、拍手、變換表情。還各自藏有私人的祕密。

「……或許真是這樣。不過，這些和這件案子有什麼關係呢？」

「首先是動機。」明子用食指在桌上描出「動機」兩字。

「佐竹為何會想要恐嚇呢？他和高橋是好朋友，既然他知道高橋殺了人，並握有證據，那他為何不勸高橋自首、不向警察報案，反而想向對方勒索呢？我覺得一個人不可能突然變得那麼惡劣。」

「人性本惡啊。」看到明子流露出非常悲哀的表情，彥根安慰似地說。

警察、醫院、法院等地方，都是在處理人間的「陰暗」面，他不知已經體會過多少次明子如今所感受到的悲哀，但也沒辦法。可是，這種想法並不適合像她這樣為讓「結婚」成為人生最燦爛一刻而工作的人。

「我想過。如果繪理子只是個普通女人，那麼美千代和佐竹不致慘遭殺害。」

彥根皺起眉頭。「繪理子不是普通女人？」

「雖然她在東京UNION工作，但那不過是結婚前的社會體驗。她娘家可是大有來頭的資產家，專門製造醫療器材的製造商，且繪理子是唯一繼承人。所以，高橋和她結婚是非常不得了的事。」

「男版的『麻雀變鳳凰』？就是人家說『少奮鬥二十年』的幸運傢伙。」

「你不覺得嗎？對一般上班族來說，他簡直是超級幸運兒。我認為，不論是高橋為能和繪理子結婚而不惜殺了美千代，或是握有把柄的佐竹動了勒索的歪念，都肇因於此。」

明子嘆了口氣。

「佐竹擔任高橋的婚禮司儀之後，見到高橋的幸運，前途一片光明，自己卻……內心勢必飽受衝擊吧？他自然而然也可能會想：我也夠資格代替高橋。」

「正因為兩人的出生背景相近，所以會有嫉妒、羨慕、憎恨。如果兩人的條件開始便相差很大，就不會有這種情緒。」

彥根充滿奇妙的哲學心情。

「那動機不就很充分了？你認為高橋有共犯的根據是？」

「剛提到的動機若成立，佐竹應該不只是勒索高橋而已。」

「因為……」彥根皺起眉頭，「啊，他還勒索高橋的父母？是嗎？」

明子搖搖頭，臉上充滿更悲哀的表情。

「佐竹是個聰明人。勒索有如冒險渡危橋，他應該會鎖定反應最激烈的對象。敲詐高橋，能詐得了多少？他很清楚同樣是年輕上班族的高橋根本沒什麼錢，即使成為資產家的女婿，也無法馬上動用巨款。」

「可是，還有誰可以勒索呢？」

「新娘的父親。」

這句話極具爆炸性效果。彥根不禁大聲說：

「怎麼可能！這麼一來，什麼都沒有了。如果新娘的父親知道了這件事，就算舉行過婚禮，也會要他們一刀兩斷的。」

「不。」

「唉呀，女方絕不會容忍這點的。我今天才剛把妹妹嫁出去。如果我發現妹妹的結婚對象是這樣的傢伙，一定要他們分手，即使得出手痛扁對方一頓，也要把妹妹帶回家。何況是女兒，更是理所當然的囉。」

「要是妹妹的肚子裡已經懷了孩子呢？」明子歪著頭試探地問。

「就算這樣，也一樣吧？」

彥根今天已經好幾次啞口無言。

「當然，彥根先生的妹妹絕不會這麼做的。真抱歉，嚇到你了。可是，高橋繪理子的確懷孕了。最近還看不太出來，但她已有四個月的身孕，由於新娘不適合長途旅行，所以他們選擇到伊豆蜜月旅行。」

停了一會兒，彥根終於開口，

「這麼說，你早知道這件事。」

「嗯。主要是佐竹在婚宴上公開說：『今天是雙喜臨門。』」

明子的眼眸中有一抹陰影。

「新娘的父親非常疼愛她。我是聽女方來賓聊八卦時提到的。雖說繪理子下面還有個漂亮的妹妹。但她父親經常這麼說：女兒們是我的寶貝。若事實曝了光，將會對心愛的女兒造成無法彌補的殘酷打擊。」

明子嘆了口氣。

「想想看。一旦高橋的醜事公開了，即使逼迫兩人離了婚，出生的嬰兒一輩子都得活在殺人犯兒子的陰影下。繪理子也得終生受這個事實折磨。為避免此一情況，我想新娘的父親會不惜付出任何代價。因為出生的嬰兒是無辜的。」

彥根浮現苦笑。

「和你談話，我覺得自己變得好驢。不，也許真的是個驢蛋吧！」

「我的腦筋其實沒那麼好。只是和當事人討論過婚禮，才知道了一些事。」

「那還是得靠你抽絲剝繭的分析能力啊……」

為了轉換明子鬱悶的心情，他又催著說：

「既然知道這麼多了。不妨再多討論一些吧！為何凶手一定要將被害人分屍呢？這是全案中最奇怪的一點。」

明子猛點頭。

「是啊，凶手為何要那麼做？我想到的是，雖然凶手支解了屍體，卻來不及毀屍滅跡。」

「不可能。」彥根擰熄了香菸。

「從推測的死亡時間到屍體的發現，整整相差七個小時以上。當時是深夜，根本不必擔心有人意外闖入。處理現場雖然要花不少時間，但七個小時應該綽綽有餘。即使因為某種狀況而沒時間處理，也可以先將屍體完整運到別處後，再慢慢處置。」

「說得也是。所以，我的推測是……」明子瞇起眼睛，好像眼前就是犯罪現場。

「他們一定需要佐竹身體的某個部分。可是，若只切掉那個部分，立刻會暴露出他們的意圖，所以連不必要的部分也切下來。」

彥根摸了摸胃。

「真像是恐怖電影。他們究竟是要屍體的哪個部分呢？」

明子沒回答繼續說，

「那通有問題的電報，哪兒都沒找著吧？」

「當然。他們就是為了拿回那通電報，才會殺了佐竹。」

「你覺得那通電報，在被他們拿回之前放在哪兒？」

彥根思考之際，明子又提出一個問題。

「東京UNION是個怎樣的公司，彥根先生清楚嗎？」

「東證二部的上市公司，是家主力的電機製造商。」

「公司在製造什麼？」

「主要是電腦零件，好像也有跨足半導體……問這做什麼？」

「婚宴上，以男方來賓身分出席的東京UNION營業部長說過：『本公司未來將著力於〈AFDS〉及發展相關的營業團隊。』佐竹和高橋好像都是這個營業團隊的成員。」

「AFDS是指？」

明子伸出手，在彥根的警察手冊一角寫下Automatic Fingerprint Discrimination System。

「喔？是『自動指紋辨識裝置』。聽說，東京UNION已經成功採用這個裝置開發出實用的電子鎖，並把它商品化了。」

「也就是說——」彥根伸出大姆指給明子看。「我只要用我的指紋就可以當開鎖的鑰匙囉？」

「沒錯！」明子點了好幾次頭。

「東京UNION為了提高宣傳的效果，公司大樓已全面使用這種電子鎖。連出入口、金庫、儲櫃都加裝了。」

彥根不可置信地看著明子的臉。

「我曾趁工作空檔去東京UNION大樓的展示室參觀，問過各式各樣的問題。負責的營業員非常親切教導我。他說，這種電子鎖具有兩項劃時代的設計。一是每個電子鎖可設定高達百人的『多重登錄』。例如，他們公司大樓的出入口便登錄了公司所有九十五名員工的指紋。」

「這麼一來，公司員工任何時間都可以自由進出……」

「是的。沒有登錄的人絕對進不去。也因為這樣，只要設一名警衛看守。這麼一來，除了某種例外，公司的任何一個鎖，最少要登錄兩個人的指紋。只登錄一個人的話，萬一這個人發生了什麼意外，就令人頭痛了。他所說的『某種例外』，即一個鎖只登錄一人指紋的是——」

彥根吸了一口氣後說，

「員工用的個人金鑰——」

「答對了。」明子嚴肅地說。

「如果個人金鑰的使用者出了什麼事，而其他人非得要打開時，必須在該員工的上司見證下，由專門技術人員利用電流迴路將鎖打開。之所以防備得如此嚴密，是因為這鎖是銷售的商品，隱私權的維護必須做到最完美的地步。」

明子拿起酒杯，繼續說明另一項劃時代的用處。

「這種電子鎖內藏的感應器十分靈敏，不只能辨識指紋，還能一併讀取人體指尖的肌膚彈性及某範圍內的體溫。所以，如果是從酒杯這種無機物上盜取指紋，接近感應器，即使是正確的指紋，也沒辦法開鎖。」

「這麼說，那通電報就存在佐竹的金鑰裡。」彥根喃喃地說。

「所以，為了取出那通電報，一定要用佐竹的手指。」

明子放下酒杯，手疊放在膝上。

「接到佐竹的電話，聽完他的要求時，繪理子的父親一定先去追問女婿高橋！於是，他知道一切都不是捏造的……」

「佐竹膽敢威脅他們，當然也不在乎告訴他們證據——那通電報的藏匿處。說不定他覺得說出來更具效果。只要放入公司的金鑰裡，他們絕對拿不到手。除了佐竹以外沒人開得了——高橋也很清楚這點。」

彥根抬頭往上瞧，正好與滿臉嚴肅的明子四目交視。

「因此，被逼得走投無路的高橋兩人，不得不採取激烈手法。」

明子鬆了口氣。

「這就是我要說的全部內容。接下來，就靠你們警察了。」

「看來沒什麼警察能做的事了嘛！」

「哪會啊！可別忘了，我一開始就說了，這一切都是假設的。雖然覺得自己的推斷沒錯，但假設畢竟還是假設。要確定這一切，只有靠你們警察了。」

「說得也是，我這就去打電話給K市電信局，調出通聯紀錄。」

彥根很快站起來。

「還有，如果運氣好的話，說不定能在秋崎美千代被殺現場的泥地上，採到高橋的鞋印或車子的胎痕。」

打完電話回來，彥根催明子走出店門。

「我得先讓我們的搜查主任聽聽這些假設。」

他焦急地朝車陣舉手攔計程車。

「我還想知道一點，繪理子的父親多大年紀？體型如何？佐竹的體型屬於運動員型、身材相當結實。要將他分屍應該是項大工程。或許高橋也有幫忙……」

「嗯。分屍的事，我猜是繪理子的父親一個人幹的。高橋則趁那段時間，拿佐竹的手指去取電報！然後再將手指送回命案現場的公寓，兩人一起離開……」

「高橋只要說聲東西忘了拿，公司的警衛是不會懷疑的。所以可以輕易拿到證據。」

「處理屍體的技巧則應該是繪理子的父親比較好。」

「為何這麼認為？」

明子有氣無力地說：

「女方賓客中，有人從小就認識新娘的父親。」

兩人終於攔到計程車，坐了進去。

「這個人的演講很冗長，讓人聽得昏昏欲睡……不過，其中有段話是：『我和新娘的父親，在大戰時也是同一部隊中生死與共的同袍。當時在南方的野戰醫院，藥物、醫療器材都沒有——』。戰後，新娘的父親會創辦醫療器材公司，也是因為這段悲慘的體驗。」

「怎麼說？」

「當時的日本軍隊，不僅沒有藥物，醫生也人手不足。而繪理子的父親曾擔任醫護兵……」明子的身體顫抖起來。

「聽說，他幫過不少士兵。替他們切掉受重傷的手腳……」

6

三天以後，晴海莊殺人分屍事件的案情急轉直下，破案了。高橋良紀和他妻子的父親野村光男被逮捕，供出了罪行。殺人的動機、事情緣由大致和日野明子向彥根刑警說明的推測一致。

「因為美千代堅持不和我分手。」

高橋外表看起來是個身材修長、淺棕膚色、外表機巧的優秀男性。

「從一開始我們就是玩玩的，是那女人自認為在交往，我和繪理子的婚禮眼看著就快到了，一直談不出什麼結果……於是她抓狂，揚言要破壞婚禮，向大家披露一切。由於沒辦法說服她……起初我也沒打算要殺她。」

九月八日深夜開車前往K市，載她一起從BRANCA酒吧回家。為避免被人瞧見，本來和她在車裡談，途中發生口角，突然一陣混亂，美千代的頭撞上車窗昏迷。所以，才想到利用當地發生的強姦案把她給殺了。

「佐竹打電話到我蜜月旅行的地方，告訴我電報一事時，我眼前一片昏暗。不過，佐竹說：別擔心，沒做出對你不利的事，K市警察當成其他的變態狂案在偵辦，我也堅稱八日晚上到九日白天都和你在一起，絕對沒問題的。所以，我做夢也沒想到，他會向我岳父勒索。」

野村在審訊期間始終保持冷靜，平淡說出供詞，只有一次當刑警問他，佐竹要求了什麼才要封口的時候，他顯露出連偵訊的刑警也不禁打寒顫的眼神。

「繪理子的妹妹。」他咬牙切齒地吼道。

「他要求和我的小女兒結婚。原本我打算多少錢都給他，只要能不傷害到繪理子，我在所不惜。可是，誰叫他有樣學樣，妄想我的小女兒，我絕對不允許。」

不只這樣。野村在審訊快結束時說道：

「我沒打算就這樣放過良紀。等過一段時間，一切都平靜下來，我也打算把他給宰了。繪理子會悲傷一陣子吧，但時間可以治療一切。我從沒打算庇護殺人犯，還把他安置在家裡。」

那封有問題的賀電，是九月七日從K市中央電信局發出的。內容共五十七個字，主要在責備高橋的薄情，還訴說為了他打掉孩子的事。

此外，這封電文即使被拒絕以賀電的方式發出，內容也沒有洩露出去。因為「書信的祕密，不得侵犯」是日本憲法保障的基本人權之一。

一個月後，日野明子結婚了。

對象並不是彥根刑警，而是在他妹妹婚禮上擔任司儀的新聞主播。明子之所以那麼用心積極解決晴海莊事件，也是不想在辭職結婚之際，心中還存有疑問。事件解決之後，明子滿臉笑容地成為新嫁娘的模樣，偶爾會出現在彥根的夢中。

也因此，從此以後彥根刑警非常討厭賀電。

他誓言：「要是有人膽敢在我婚禮上打賀電來，我一輩子和那人絕交。」也難怪啦！

自殺心情

1

春光明媚。

這句話並不適用於小說的開頭。因為它太老生常談，有點陳腔濫調的感覺。

雖是老生常談，但海野周平覺得它點出了單純的真實，是一句很不錯的成語。應該是眾人為了形容溫暖的氣息撫慰面頰的舒適感、百花綻放及新芽吐露的新鮮氛圍，絞盡腦汁所想出來的吧！

連鬻字謀生的小說家，偶爾也期望能加入「眾人」之中。特別是像我這樣的新手。

由於這個緣由，周平既不去創造複雜的情節或是煩惱於奇特的殺人戲法，也不想花腦筋思索令人驚豔的表現，只是甩著手、轉轉頭，在無人的公園裡散步。

時間正好來到上午的十一點。可以聽見遠處校園響起的上課鈴聲。周平坐在原木製成的休閒椅，掏出口袋裡的香菸。

這座公園正確地說，應該稱為「庭園」。原本是某大財閥的私宅庭院，戰後捐贈給東京「市」，如今開放給當地居民休憩之用。不過，這裡須付入園費一百圓。

由於從公寓漫步到這裡還不算遠，周平每星期來此散步三次。若只顧著寫作，很容易變得運動不足。此外，他既沒錢熱中打高爾夫球，網球光想就覺得困難（他很不擅長那種時髦玩意），若要打保齡球只有一個人也玩不成。

所以，還是走路最好。

同樣是運動，在綠意盎然的地方散步最好。最初，他到公寓附近的兒童公園中散步，但天氣不錯的日子，那裡根本不適合單身男子。

上午公園裡多半是丈夫去上班、推著嬰兒車或是牽著學齡前孩童的家庭主婦，她們的人數多到可以組成一個師團。偶爾才會出現幾個在雙薪家庭中負責照顧孫子的老公公和老婆婆。

觀看這些人是相當令人愉悅的畫面，但身處其中的周平卻顯得特異。如果只是吸引一些好奇眼光，倒還能令人忍受。但某一天，一個拿著槌球球桿、身披毛巾的歐吉桑大剌剌地向他靠近，眼神充滿慈藹地對他說：

「如果你沒工作的話，要不要來我的工廠做事啊？」

他這下才發現這裡是不能再來了。

相比之下，這庭園可說是天國。平常的白天，還可以體會自己包下整個庭園的感覺，唱歌也沒人管，晚一點還可以在庭園旁的漢堡店買份早餐，邊大口吃漢堡邊將麵包屑投入池中餵圓滾滾的鯉魚。

沿著池邊繞庭園走一圈只需三十分鐘。如今，他會稍微加快腳步，以便能出些汗。如此走路運動過後，總覺得身心舒暢，真是非常實際又便宜的健康方法。

周平撚熄了香菸，將菸屁股丟入菸灰缸中，站起來往外走。呈H形的池子正中央附近有幾個飛石，他走過那些飛石，爬上一座古樸風格的石橋。

走過石橋，在橋下的休閒椅上瞧見一張熟悉的面孔。

乍見之下是個超過五十五歲左右的男子，額頭寬廣、鼻梁高挺，零星可見的白髮，反而增添幾許的親切感。他身穿襯衫、西裝褲，外搭一件外套，給人一種不打領帶也很整潔、屬於稀有族群的感覺。

周平只見過他坐著的模樣，但直覺他的身材應該相當修長，是位風采翩翩的中年紳士。只是他看起來有點憔悴，該不會是大病初癒在家療養中的企業戰士吧！周平心中如此揣測。

不管怎樣，每當周平散步到這裡，那人必定坐在同一地點。雖然他們從沒有交談過，但兩人會很自然地眼神交會，互相點頭打招呼。

今天早上也一樣，走過鋪有小礫石的步道時，周平點頭要經過他的面前時，

「老師。」

一聽到呼喊聲時，周平並不覺得是在叫他。

「您好，海野老師。」

第一次有人這麼叫他，周平回過頭來。男子從休閒椅上欠身，朝這邊點頭示意。周平指著自己的鼻頭。

「叫我嗎？」

「是的。您是海野周平老師吧？寫推理小說的。」

「啊──這個嘛，是的。」

周平搔搔腦袋。

「沒錯，但請別叫我『老師』。我沒那種資格！」

論年齡，他差不多只有這個人的一半。

「是，我知道了。」

男子站起來，手垂放身旁鞠躬。

「對不起。雖然我早拜讀過您的作品了，但只見過作品上的小照片，不太確定，所以一直不敢出聲叫您。」

男人歪著頭端詳周平的臉。

「不過，老師書上的照片照得不太好耶。經常有人這麼說嗎？」

的確，這話不是沒有人說過。但真的差到連點頭之交的人也如此擔心的地步嗎？周平著實嚇了一跳。

「照片真的那麼差嗎？」

「是的。老實說，那樣的照片吸引不了女性讀者吧！」

所以書賣得不好嗎？……這念頭一浮現心頭，周平早晨滿心的舒暢不知為何消失無蹤。

「不過……我個人覺得和長相沒有太大的關係吧……」

周平慢吞吞地說，男人似乎沒聽進這句話，他指著椅子說「要坐嗎？」自己先坐了下來，將手疊放在膝蓋上。

周平並肩坐下之後，從這麼近的距離，才發現這男人有一雙如同年輕女性白皙而漂亮的手，只是他的手和年輕的女性稍有不同。周平發現，他的指甲剪得短而整齊。

「其實，我是有事想拜託老師。如果是您，一定能做得很好，這點我非常確信。」

說完之後，他立刻搔搔頭。

「真抱歉，還沒介紹我自己。我叫中田義昭。」

「中田先生——然後呢？」

「其實？」

這句話好像是中田的口頭禪。

「我要拜託老師，殺了我。」

2

即使中田突然偷襲抱住他，周平也不至於這麼吃驚吧！

他嚇得站了起來，連胸前口袋裡的香菸都掉了出來。蹲下去想撿拾，卻又掉出了打火機。中田伸手將兩樣東西撿起來，遞給慌亂的周平。

「真對不起，嚇到您了。」中田老實地說。

接了香菸，周平沉思了一會兒微笑道：

「不會吧！您是開玩笑吧！」

的確有人會向推理小說家開些無厘頭的玩笑話。有個女生曾對他說：如果是你們推理作家，一定可以面不改色地做些不留破綻的犯罪吧？昔日同事也曾經很認真拜託他，想些絕對不會被識破的金融詐欺方法。

可是，中田滿臉認真，甚至可以說是表情嚴肅。

「不，我不是在開玩笑。請老師殺了我。說明白一點，就是請您想出一個絕不會露出破綻的自殺方法。」

中田緊繃的肩膀放鬆下來。

「自從起了自殺的念頭，我讀過有關警察辦案、法醫鑑定的書籍有如山一般高。」形容山一般高時，他像小孩一樣用手比劃出山形。

「然後，我徹底瞭解，以我的頭腦是瞞不過警察的。我要是自殺死了，不論怎麼苦心安排，都沒辦法弄得像他殺一樣。他們一定會看穿我的伎倆，那就不行。真傷腦筋啊。所以，不得不借助您這位專家的智慧——」

周平心想，這又是個誤會。

拜託。觀察中田臉上的表情，他很認真地在說這件事。但就算我本人同意，找我海野周平商量這件事也是找錯人了吧。

難道不是嗎？推理小說中的犯罪，到最後必然有解決方法。也就是說，如果從蓄意犯罪的角度來看，犯人通常都落得失敗的下場。

換句話說，模仿推理小說描寫的犯罪，必然會失敗的。不只是周平，任何寫推理小說的作家，總是在慎重考慮如何鋪陳情節，使犯人在某個地方露出破綻，犯罪失敗。因此，寄望如此鍛練頭腦、磨練寫作技巧的人，想出絕對不會被人識破、不會失敗的犯罪，就好像要做竹簍的工匠去做木桶般強人所難。

周平有條不紊地向中田解說清楚這點，中田似乎理解了，這可從他肩膀又開始緊繃的模樣看出來。

「真的不行嗎？」

「是的。真的辦不到。何況我還是個新手，根本幫不上忙。」

周平嚴肅地說，然後微笑表示，

「就算真能辦到，我也不可能接受這樣的委託。」

「即使付一筆錢也不行？」

「收錢做掉人的殺手，只有故事中才有。」

「最近，好像不是這樣耶！」

儘管周平一臉吃驚，中田仍然自言自語地說，

「如果這方法行不通——只好委託黑道把我給殺了，除此之外沒其他的辦法了……」

周平像見到稀有金魚般直盯著中田，驚訝他竟能如此稀鬆平常地述說自己要被殺的事。

如果我真拒絕了這位大叔，或許他真的會跑去新宿一帶找黑道。說不定還上演一場精采的戲碼：你，有何貴幹？是的，我想請你們殺了我，須付多少錢呢？可以用信用卡支付嗎？

「中田先生。」

「是。」

中田從「該去拜託黑道？還是叫不良少年執行比較便宜？」的想像中覺醒後，不停地眨眼。

「你為何這麼想死呢？而且似乎很怕看起來像是自殺，為什麼？」

中田不停眨眼並保持沉默。

「你啊，如今真是把我逼到進退兩難的地步！聽好喲，今後不論你找到誰欣然接受你的委託，且完美執行了這個計畫，我覺得自己還是要負部分責任？你明白嗎？不管你採取怎樣的死法，我已經知道你是『想要自殺的』。所以，有道義上的問題。」

「這樣啊！」

「當然。」

中田深深嘆了口氣。

「知道了。那我告訴你理由。希望我解釋清楚後，老師您會改變心意。」

「不可能。」周平很快回答，並刻意加了一句，「而且我不是老師。」

中田沒聽到。

「其實我得了很麻煩的病。」

「癌症嗎？」

由於情況特殊，周平也不禁擔心起來。

「如果真是癌症，反而倒好。」

中田悲哀地閉上眼睛。

「海野老師。您可知道所謂的突發性味覺退化症嗎？」

3

走出庭園，兩人決定坐上計程車後繼續聊。

「我想帶您到我工作的場所，這樣您更能瞭解我所捲入事態的嚴重性。」

中田有點沮喪地這麼說，很快舉手攔下計程車。到了這地步，周平也不能不理他。

「突發性味覺退化症是否如字面上的意思，是一種感受不到味道的疾病？」

周平第一次聽到這種病症，引起了他若干的興趣。

「真要是這樣，倒還能忍受。」

中田眉宇低垂，顯得很悲哀。

「我從頭開始說起吧！去年底，我得了流行性感冒，普通的感冒。發高燒，出了很多汗，頭疼欲裂。到常去看病的醫生那兒，他開給我解熱劑和抗生素。吃了這些藥，注意保暖，好好休息了一星期左右，感冒就好了。」

「那就好啦！」

不知該說什麼，周平只好這麼說。

「當時，我也這麼想。可是，真正生病是從那以後開始的。」

中田哀傷地搖搖頭。

「我覺得精神恢復、能出門工作的那天，洗了頭，穿好衣服，準備好早餐。先說明一下，我是鰥夫，家事一切自己包辦。因此，那天早上起了個大早烤吐司、泡好紅茶。由於感冒剛好，覺得該多補充些維他命，所以切了些番茄和小黃瓜，做了份簡單的沙拉。」

真是個認真的人，周平佩服。

「我坐在桌前開始用餐。可是，才吃了一口，瞬間便把嘴裡的東西全吐了出來。你一定會問為什麼吧！老師。」

中田頑固地稱周平為「老師」，悲嘆起來。

「那些食物全是垃圾味，是那種生廚餘的味道。我心想，不會是調理到爛掉的蔬菜吧？昏睡了一星期，所以很有可能。可是，番茄、黃瓜雖不能說新鮮，但也不至於壞掉。因為，我冰箱的蔬果冰溫室是很棒的。」

周平不發一語地鼓勵中田說下去，他很有興趣聽，所以沒必要在這節骨眼上討論什麼冷藏庫。

「廚房裡的東西散發出壞掉、聞起來怪怪的臭味。說起來，做沙拉時已經感覺到那股怪味。真正將食物放進口中時，才清楚那種味道。」

「那一定是食物壞掉了！」

「於是我外出。」中田無視於周平的打圓場。

「住家附近有間咖啡店供應還不錯的早餐套餐。我到那家店，點了吐司與咖啡。可是，那些餐點也是壞掉的味道。」

「不至於全都壞掉吧！」

「當然。所以很明顯，問題出在我身上。」

中田繼續說，

「接下來的一個星期，我一再忍受這樣的狀態，然後終於想開了。我一直以為這只不過是感冒的後遺症，可是終究無法再欺騙自己了。」

「因為醫生這麼診斷嗎？突發性味覺退化症？」

「是的，直到最後才證實是！」中田露出不堪回想的表情。

「到了這種地步，我只好到醫院照X光、打針，還在鼻子插管，做了頭部的CT掃瞄，被診斷為身心症，經常跑精神科看診。醫生都說：我的心裡不知不覺對工作累積了許多的不滿，所以出現這樣的症狀。」

說到這裡，「咚」的一聲，是中田用他光亮的皮鞋跺腳。

「真是豈有此理！我熱愛工作，引以為傲。可是，醫生們都表示，我這麼堅持己見就是一種『壓抑』，只開給我鎮靜劑。」

「真是倒楣啊。」周平表示同情。

「不過，我還算幸運的。在進精神病院前終於查出了病名。正確診斷出我病症的是一位和我兒子大約同年的年輕醫生，他說：沒問題，由於找到病因，所以可以治療。突發性味覺退化症通常發生在感冒或肝炎等病毒感染後，病人的味覺和嗅覺嚴重失常，應該是體內欠缺某種金屬所導致的，大部分情況都是缺乏鋅——」

中田擦拭眼角的淚水，也許一想起來就想哭吧！

「我的情況不一樣。這種病經常使用的口服鋅療法，即飲用鋅錠劑，對我無效。也就是說，我不屬於年輕醫生說的『大部分情況』的病患。」

「結果是不可能治療了嗎？」

「是的——像現在在車裡，我會聞到非常濃烈的排氣臭味，口中則充滿垃圾味。」

看著中田述說時的臉，周平想起某個漫畫。苦於宿醉的男子，在洗臉槽中嘔吐到連自己的胃都吐了出來，而且驟然消瘦。

周平好一會兒說不出話來。他根本不知道人的身體需要鋅。

「那一定很痛苦吧！可是，你又不能不吃飯，那該怎麼辦才好呢？」

「如果是冰冷的牛奶、冰淇淋之類的東西，勉強吞得下去。這類食物沒有很重的味道，也可說沒什麼味道。但為攝取必要的能量，也只有硬著頭皮吃下去。此外，只好靠打點滴補充營養。」

中田捲起襯衫袖子，讓他看手上的打針痕跡。害怕打針、看醫生的周平忍不住打起哆嗦。

「主治醫生發誓一定要把我治好，所以不厭其煩在我身上試打人體必要的微量金屬。你覺得呢？是他發現哪種金屬早？還是我會因營養失調而先死呢？」

沉默片刻後，中田繼續說：

「我在樹林裡或是綠意多的地方會覺得好一些，輕鬆許多。所以，每天早上上班前的空檔，我會到那座庭園養精蓄銳。若是沒這麼做，一整天就沒精力工作。」

中田開始教計程車司機怎麼走。

周平胡思亂想起來。的確，可以明白你的痛苦心情。可是，連醫生也願意陪你一起努力，不是該更加努力，而不該這麼早絕望吧！

不過，我要是他的話，即使人家這樣安慰、鼓勵，還是沒什麼用吧！想起來就覺得非常悲慘。不論吃麥當勞的漢堡、河豚火鍋都一樣，只感覺到裝在塑膠袋裡的垃圾味——那豈不像過著殘缺的人生。

計程車停下來，兩人在繁華街道上下車。這時，周平終於知道中田一心求死以及一開始醫生們為何會診斷他得了身心症的理由。

出現他眼前的是一家充滿德國ＰＵＢ風的大型餐廳。看板上的店名是「grill isozaki」。

有個服務生腳邊放了一桶水，正勤奮地擦窗戶。一看到中田走近，他立刻轉身立正站好說：

「領班，早！」

「喔，早。」中田很有威嚴地打完招呼，轉身面向周平，流露出馬戲團裡的大象般悲哀的眼神。

「我是這裡的服務生領班。」

唉！周平不禁用手遮眼。

4

「現在你瞭解了吧？我真是到了極限。」

面對吃光了今日主廚推薦特餐的周平，中田這麼說。

靠窗的圓桌座位，擺設著剛冒出芽來的麝香豌豆。頭頂上感覺不錯的燻黑梁柱，垂吊著燈飾。整間餐廳流露出輕鬆用餐的高雅氛圍。

此外，餐點也非常美味。酥脆的烤肉，配上清脆爽口的蔬菜沙拉。燉肉清湯像寶石般通透清澈。

「雖然我不是很清楚餐廳的事，但服務生領班是很了不起的職位嗎？」

中田以「很重要的客人」介紹周平，所以他能坐在絕佳的位置。如果他是獨自前來，絕不會有這樣的待遇吧！

中田毫不遲疑地點點頭。

「沒錯。廚房裡的獨裁者是主廚，但在這裡我握有最高的權限。就像黑道的老大！只不過——」

他低聲說，「還是比不上老闆。老實說，他也是我煩惱的根源。」

「怎麼說？」

「老闆原本想把這裡規劃成獨特的高級店，菜單上全是英語和法語，看不懂的客人自然知難而退、不會上門。他其實不想經營成像現在這樣上班族或全家人手頭比較寬裕時，可以很輕鬆進來的店。」

「對我們這種平民來說，那種店的確望之卻步。」

對周平所說的話，中田輕輕拍手表示贊同。

「你也這麼認為吧？可是，我們老闆根本不清楚狀況。應該說他是故意裝不知道的。老師。」

他用力嘛嘴。

「大約半年前，我們餐廳出現強力的競爭對手！隔條馬路外新開張了一家名叫『RAFAEET』的餐廳，是那種訴求高格調，以吸引年輕人為主的店。老闆對那家餐廳恨得牙癢癢的。」

「客人都被拉過去了嗎？」

周平也知道，最近非常流行奇特的「貴族趣味」。雖然不是高貴的才叫好，但也顯現出大家的生活變得很優渥！

「還不至於那樣。我很清楚今後也不必擔心這點。老闆只是在自尋煩惱，其實沒什麼好焦慮的。把這裡搞成高級店，有什麼好呢？」

他「哼」的一聲緊握拳頭。

「老闆是那種不服輸的人。忍受不了被新介入者瞧不起。RAFAEET有刊登在美食雜誌上，我們卻沒被報導。因此，老闆火冒三丈。他雖然很會賺錢，卻有這樣的弱點。有次還秀出臂上的肌肉說：『一定要做出RAFAEET望塵莫及的高級店』。」

中田不禁搖頭。

「這樣是不行的。我和主廚都極力反對。因此，老闆和我們經常為此爭吵不休，有時激烈的程度不輸中東戰爭。」

中田似乎已忘了帶周平來這裡的目的。餐廳也會有內部抗爭。悲哀的中間管理職。周平不禁想起自己當上班族的時候，上司也曾在喝醉之後這樣發牢騷。

「老師，其實呢——」

中田靜靜看著自己的指甲說，

「我有個夢想。夢想雖然不大，但我想當一間品味十足的書店老闆。」

「書店？那不是和你的本行相去甚遠嗎？」

「沒錯。不過，之前我也說過了，我很喜歡看書。如果只是當興趣，大概也只能這樣，可是如果經營書店，便能自成一格。特別是有關料理方面的書。將來，老師如果需要這方面的資料，不論是什麼內容，我都能幫你收集齊全。」

說完後，他交纏著手指，陷入沉思。周平凝望著這張臉，憶起某種感動。

人根本是自私的，從不細心觀察他人的內心世界，總會遺忘每個人都是懷有夢想的。在這裡用餐的成千上百位客人，匆匆來去，大概很難想像站在一旁服務、獻上煎鰈魚、牛里脊燉肉、品味超群的服務生領班，如數家珍在回答十九世紀法國宮廷料理精髓的同時，內心竟然想著如果能更加活用這些知識來豐富生活，該有多好啊！

「不過，算了，管他怎樣都好。反正是沒辦法達到的夢想。」

中田終於清醒。這時，正好飄來今日主廚推薦套餐的另一道加了印度香料的燉羊肉香味，他的臉色有點泛青。這股香味誘得已經吃撐了的周平也食欲大增。

「你能明白了吧！整天在香味的圍繞下替客人們推薦、服務美食就是我現在的工作。擺脫不了這個病，我覺得好累、好辛苦，已經到了忍耐極限。」

「何不辭掉呢？你也上了年紀，不想退休嗎？」

「我才五十三歲。」中田有點憤慨地說。

「不好意思。我只不過舉例而已。」周平的心裡吐著舌頭。

「不妨找個藉口？總有辦法的吧！要是有了更好的待遇，被挖角呢？」

中田不由自主地挺起胸膛。

「這樣的話，我聽多了。我很忠於自己的工作，託你的福，在業界獲得了不錯評價。不過，就算我接受了您的這番建議，也無濟於事。因為我到其他家店去，還是得做同樣的工作。」

「倒也不必真這樣做，你不過是找藉口辭職。辭了職之後，做什麼都不要緊了，不是嗎？」

中田噘嘴。

「老師，你不知道這世界是很小的嗎？一旦說了莫須有的話，立刻會被拆穿的。這麼一來，這裡的人便會開始懷疑，我為何要撒那種謊而辭職。」

「被人懷疑，很不好嗎？」

「當然不好。非常的不好。也許連我的病都會曝了光。」

嗯，就是這點。周平往前傾身。

「中田先生，連我都有個疑問。為何要如此地隱瞞自己的病情呢？你得的又不是傳染病，真說起來，不過是莫名奇妙怪病的犧牲者罷了。我認為，你根本不必感到羞恥，也無須隱瞞啊！」

「不。我一定得隱瞞。讓人知道了絕對不行。」

「為什麼？」

「我的病並不清楚原因。即使知道是缺乏某種金屬，但目前還不明白為何會欠缺那種金屬。雖然醫生肯定絕對沒有這樣的事，但說不定是遺傳的因素。有時，連我自己也不免懷疑，因為沒有罹患感冒的人會像我這樣吧！」

「如果真是體質方面的遺傳因素，會令你很困擾嗎？」

「我有個兒子是廚師。」

周平再次閉上了眼。

「他現在正在法國學藝，完全不知道我的病況。若要我這做父親的形容兒子，他可說是一個很有天份的廚師，前途光明。我不希望他的前途蒙上陰影。」

中田憤慨地撐大鼻翼。

「我想這是日本人的惡習吧，一旦某人得了無法治癒的疾病，立刻會有人開始翻出病人的血統、家世！」

「嗯，這是常有的事。」

「如果因為我的關係，使兒子生活周遭冒出莫名奇妙的傳言，我會沒臉見人。即使不是這樣，廚師這一行也是競爭激烈的世界。」

周平有點煩躁起來。畢竟大啖美食後，不太想用腦。

「如果是起了什麼糾紛被開除呢？這樣的話，其他的店也不會想雇請你吧！不就可以找其他能配合病情的工作嗎？」

「不行。老師，因為我已經五十三歲了。」

周平心想，跟剛才的語氣完全不同嘛。

「如今找什麼樣的工作，薪水才足以支付自己的生活費，以及兒子高昂的留學費用呢？當領班我在行，但我不會記帳也沒有駕照。」

「先不談這些，辭了這裡，總可以拿到退休金吧？拿這筆錢當資金，總可以做點什麼吧？」

「我們老闆是眾所皆知的吝嗇鬼。」

中田特別強調「吝嗇鬼」三個字。

「只顧自己的老闆，怎麼可能付退休金給因糾紛而辭職的人呢？老師從剛剛就一派輕鬆說辭職、辭職兩個字，我把工作辭了以後，要靠什麼維生呢？」

中田充滿悲嘆和絕望繼續說，

「我還是死了最好。從世上消失，最乾脆痛快。就算是疑雲重重的意外、被人襲擊等死法都可以。只要不被人看穿我是自願的，任何死法都很完美。這樣，就不必擔心有人探查出什麼。關於我的病，醫生一定會替我保守祕密。這樣既不會傷害任何人，我自己也可以從垃圾的臭味中解脫；兒子也可以依靠保險公司的理賠生活，因為我保了很高額的壽險。」

周平在品嘗甜點木莓冰淇淋（這也非常美味）時沉思了半晌，然後說：

「我想了一會兒。」

「想到好方法了嗎？」

「嗯。不過，不是讓你從世上消失，而是不傷害任何人，也沒任何麻煩，讓你安穩在社會上生活的方法。」

中田張大了眼睛。

「真有這種事嗎？那我們說定囉！」

周平對著空盤子，宣誓似地舉起單手。

「說到這料理，真的非常好吃。」

考慮了一會兒，中田回答說：

「我只能仰仗您了。如果今後我拜託其他的人殺了我，老師您一定會向警察說出真相吧！」

他再一次低垂眉宇。

「不過，看您這麼有自信地打包票，真的和我的主治醫生好像。他這個星期也是信心十足要幫我試打銅錠劑。」

5

還未獲得信任的海野周平，從這天下午便絞盡腦汁在思考。

最初浮現腦海的是，中田所說的話都是真的嗎？雖然懷疑那麼認真的人，感到有點過意不去，但凡事都有萬一。

究竟是怎麼一回事，總得調查一下。

這麼想著轉頭過去時，突然瞥見鄰桌閃現的報紙標題：

「從患者感染」

伸手將報紙拿起來翻開來看，版面上出現一個更大的標題。

「管理上的疏失？三人死亡」

周平專心地坐下來開始閱讀報導內容。

「喂，中田先生。不知你對Grill Isozaki的經營狀態，瞭解到什麼樣的程度？」

隔天在庭園的老地方，周平向坐在老位置的中田這麼問。

「經常高朋滿坐啊！」

「不，我不是問這麼表面的事，而是貸款有多少，或是建築物的房地產是誰的，店有成立股份公司嗎？還是——」

「我怎麼可能知道這些事哩。」

「那委託徵信社吧？」周平搔搔後腦勺。「不過，得花點錢。」

「沒關係。不過，老師您真的能想出什麼好方法嗎？」

「大概吧！」

周平點頭，抓了一把進公園時在商店買的爆米花丟向池塘。鯉魚群聚集過來，但中田不像這些鯉魚般興致勃勃地撲向周平投下的餌。

「為什麼要調查這種事？我真的不瞭解耶！」

徵信社的答覆是良好。Grill Isozaki的經營狀態非常好。

更令人感興趣的是，Grill Isozaki的老闆也經營其他幾間餐廳、飯店，有錢到可將一萬圓鈔票當壁紙用貼滿店的牆壁。

「好消息喲！」

周平敲著報告書的信封對中田說，

「我想知道的就是Grill Isozaki是否握有充裕的資金。從這份報告書可以知道它的實力還更勝一籌。這樣的話就沒問題。如果它沒這份實力，就沒辦法敲它一筆了。」

對眨著眼看完報告的中田，周平問：

「中田先生，如果你可以實現經營書店的夢想，你會怎樣？」

中田停止眨眼。臉上表情有如拉開的百葉窗突然變得明朗起來。

「如果真能夠實現，那就太棒了。」

「是吧！真能夠實現的話，你可要非常用功。當書店老闆雖然不是什麼粗重的工作，帳簿也可交給會計師處理，但如果自己完全不懂，很快就玩完了。」

「我會用功的。」中田斬釘截鐵地說。

「一定會的。如果我有這樣的機會，一定會盡全力努力的。老師，因為我不過才五十三歲而已。」

確認了中田的決心，周平坐在工作用的文字處理機前打出幾張信紙。

老實說，周平連中田的身家也私下委託徵信社作了調查。坦白說，有關他的調查費用還比較高。

周平對中田的調查結果，要說是感到滿意，不如說是放下了心中大石。中田義昭就像他本人描述那樣，有個當廚師的兒子，而他自己是業界知名的服務生領班，這些全是事實。

唯有他得了罕見的「突發性味覺退化症」，拿不到任何證據。這也是沒辦法的事。那醫生的口風很緊，若不是這樣反倒麻煩。不過，徵信社還是查出中田在一定日期得跑醫院一趟，以及他特殊的飲食生活癖好。

周平因此得以安心地著手鋪排騙局。

他將信紙收入信封，立即打電話給中田。

「中田先生，我很想會一會你那位努力不懈的主治醫生。」

「可以啊！可是，你打算做什麼？」

「需要他的協助。」

「對了——老師您有了什麼樣的計畫嗎？」

「時候到了，我自然會說明。不過，如果一切進行順利，你一定能成為很棒的書店經營者！對了，你的病治療得怎樣？」

「銅錠劑還是不行。」

雖然電話中看不到中田的臉，但他一定又是低垂眉宇。

「這次醫生說要換成鉛之類的治療。老師，羅馬帝國真的是因為鉛而滅亡的嗎？」

「別想這些事比較好！」

「我真的可以達成夢想嗎？」

「應該可以。」

6

「不行啦！」

「為什麼，不是舉手之勞的事嗎？」

「病歷是不能這樣造假的。我可是宣示過希波克拉底誓言的醫生（譯註：希波克拉底〔Hippokrates〕，醫學之父，大五的醫學生實習前都要宣示他所撰寫的醫師誓言）。」

「這是在幫人耶。希波克拉底沒說過不可以幫助他人吧？」

「如果曝光了，怎麼辦？我的醫生生涯就完蛋了。」

「不會曝光的。事情若曝了光，對任何人都沒好處。」

「沒有證據顯示，未來你不會來威脅我。」

「雖然我還只是個新手作家，但也是靠人氣吃飯的。任何足以威脅到你的把柄，同樣對我不利，我才不會做這麼愚蠢的事。」

「那由你來當捏造事實的醫生如何？」

「我不是說了嗎？我也是靠人氣吃飯的。也許有誰會認得我的臉，也許今後我會變得很有名氣。這樣的話，我的曝光機率還更高呢。」

「——」

「算了。如果你不願意幫忙，就這樣吧！不過，中田會去找別的醫生。突發性味覺退化症是很罕見的疾病吧？如果中田離開了，你今後也失去研究這種疾病與治療的機會吧！」

「——」

「就算這樣，你也無所謂嗎？」

「——知道了啦。我幫忙就是了。不過，有個條件。」

「條件？」

「我會給你一張規定用的空白格式紙，然後教你怎樣將相關內容填寫在上面。所以，請你全權經手記錄的事。一概不准用我的名字。也請你適當捏造一個醫生的名字。我不參與任何違法的事。」

「謝謝。這樣就夠了。」

7

之後，經過一星期，Grill Isozaki的中田領班臉色有點蒼白地要求面見老闆。老闆和中田年齡相仿，全身上下因打高爾夫球曬得黝黑，經常喜孜孜地露出牙齒，這時才能看清楚他的長相。

老闆白黑兩色與金屬統一格調的辦公室，以及他不時露出的雪白牙齒，總給人一種共通的印象。大概因為兩者都是人造的東西吧！

即使看到身穿西裝的中田充滿不安膽怯的表情走過來，老闆招牌式笑容絲毫沒有改變。直到聽了他的話之後，老闆的臉色才變了。

「威脅信？」

「是的。我把信帶來了。」

在一帖榻榻米大的辦公桌上，中田遞出文字處理機打成的信。

郵戳是前天的，信封上沒署名。開頭是這樣寫的：

「給中田義昭先生。我們認識你看上的陪浴女郎。」

老闆爆笑。

「也難怪，你太太過世應該超過十年了吧？去桑拿浴不可能沒發生什麼吧？」

「請您繼續看下去。」中田擦了擦冷汗說。

「那位陪浴女郎前一陣子覺得身體不舒服，做了非常仔細的健康檢查。結果很清楚地查出，她是B型肝炎患者。」

老闆的目光離開信紙往上瞧。中田眉宇低垂。

「經過仔細的調查，她感染的時期確定是去年秋初。還有根據她的記憶，您是同一個月，在她推斷染病以後，成為她的恩客。」

因此！老闆以顫抖聲音繼續唸下去。

「儘管你還沒有出現自覺症狀，但非常有可能是同病毒的帶原者，所以我們要在此發出警告。」

沉默。

「所以，你去做檢查了？」

中田點頭。

「結果怎樣？」

「——是陽性。」

中田拿出診斷書——周平在那位認真替中田實施微量金屬療法的醫生協助下捏造出來的東西。

他遵照中田醫生的指示，以極似大醫院忙碌值班醫生的潦草字跡（周平的字跡一向很潦草，這點他不必費什麼心思）在空白診斷書上填入內容，並到市郊街上的印章店花兩百五十圓刻個醫師章完成這份替代品。

「檢查沒有錯吧？」

老闆假裝看著診斷書說。

對大部分的門外漢來說，醫生寫的診斷書內容根本看不懂。如ＨＢ抗體是怎樣的蛋白質、有什麼用處等，看不懂的地方就像經書一樣。

「照醫生所說的，這種如同視力檢測般的簡單檢查是不會出錯的。」

中田若無其事地從老闆手中取回診斷書。周平再三叮囑他要做到這點。

「可是，你沒什麼不舒服的感覺，不是嗎？」

老闆說完後，流露出不太有自信的表情。中田其實看起來頗為憔悴。

「是的。可是，這種病有潛伏期。聽說，有的人不會出現明顯症狀，就這樣慢慢惡化後變成帶原者。」

「真是雞婆的桑拿浴啊！」老闆說完，把信揉成一團。

「店裡的健檢，你沒順利過關嗎？」

「健康檢查是每年四月。今年的還沒做。」

老闆啞口無言。

「可是，B型肝炎不是那麼恐怖的疾病，不是嗎？可以好好地治療，不像A型那麼容易傳染給別人。我的朋友也是因為B肝住院，他曾經這麼說過。」

「你說的沒錯。生病的詳情稍後我再跟您解釋清楚，其實我還收到另一封信。」

第二封信是這樣開頭的：

「從一開始聯絡，我們已經監視你的行動好幾天了。」

老闆看著中田。

「在我們的觀察下，已經可以確信您是個帶原者。這裡我要提出一個很有意思的事情，那就是您因為那位陪浴女郎成為B型肝炎的帶原者之後，依然以Grill Isozaki員工的身分，服務前來用餐的客人。我們該如何解釋這件事實呢？如果把這件事向社會曝光的話——」

老闆扔掉信紙。

「根本是恐嚇嘛！」

「沒錯。」

「他們想怎樣？」

「這些人一定是要錢。」中田頭低垂地說，「其實我個人只要照他們的要求付錢，就沒事了。可是，如今我沒辦法再佯裝下去，繼續在這裡工作。」

「說的也是。你得辭職。」

「可是——」中田壓抑哽咽的聲音說。

「老闆。他們勒索的對象不只是我個人，還包括Grill Isozaki。不，他們根本是以老闆經營的所有餐廳為對象，想敲詐您。」

「什麼意思？」老闆齜牙咧嘴。

「即使辭去店裡的工作，仍然抹煞不掉我曾經待過這裡的事實。」

「那又怎樣？」

「老闆若不遵照他們的要求，我的主治醫生說：如果他們把我的事洩露出去，到時您一定會很困擾。這件事會對各家店造成不好的影響，而且是沒辦法估量的。」

「可是——」

老闆露出牙齒，但這次不是在笑。

「我剛剛就說過了，B肝不是那麼容易傳染的病！」

「你說的沒錯。這也是醫學上確切的事實。可是，老闆——」

中田悲劇性地提高說話聲音，

「我相信真正會造成問題的不是疾病本身，而是世人對這種疾病的誤解。您不妨想想看，即使政府與醫學界人士有心且熱心疾呼，如今還是有人相信電車的手吊環也可以傳染愛滋病。這是因為大家在意的不是傳言的真假，而是有這樣傳言的存在，不是嗎？」

老闆大吼一聲：

「偏偏這種倒楣事又發生在這麼不妙的時期。」

中田從褲袋中拿出一張剪報，攤開來給老闆看上面的標題「從患者感染」。

「請看這篇報導，這是發生在兩星期前的真實事件。都內私立醫院負責照顧B型肝炎患者的醫生和護士，因猛爆型肝炎死掉了。」

老闆目不轉睛看著剪報。

「那醫生和護士好像是打針不小心，所以殉職，真是悲哀啊！好可憐。不過，老闆——」

中田雙手緊握。

「我私下問了朋友和鄰居對這事件的看法。大家都表示『B型肝炎很恐怖』。即使他們聽過這樣的事實，日常生活中不會輕易感染B型肝炎，即使感染了B型肝炎也很少轉變為猛爆型肝炎等等，但這些事實早已被淹沒在謠言中。大家只留下了好可怕、好可怕的偏見。」

老闆聲音沙啞地說：

「這裡有寫醫院將因肝炎住院的患者與其他患者的食器分開清洗。」

「是的。讀者們通常只會清楚記得這樣的事。」

中田嘆了口氣。

「而且我去查《家庭醫學》百科全書時，裡面也寫了B型肝炎『也會經口感染』。那是——」

「夠了。」老闆揮手制止他，但中田努力說下去。

「還不只是這樣。您想想看，如果這件事讓RAFAEET的經營者知道的話……」

不必提其他，只要說到RAFAEET，老闆的臉色就變了。

中田閉口等待。

老闆沉默思考，然後露出雪白牙齒說：

「用錢打發他們，你覺得怎樣？」

「那會沒完沒了的！」

「總比日後解決麻煩的錢少吧！」

「就算這樣，我也不可能悶不吭聲的繼續工作下去，一定得辭職。不過，如果我辭職，有件事很難跟您說。之前我有好幾次跳槽的機會，其他餐廳的經營者想請我。」

「那有什麼關係？你就去啊。寫這封信的人也會很高興吧，又多了勒索的對象。」

老闆如此事不關己地幸災樂禍。中田真是敗給他了。

「我沒辦法這樣做。」

「沒辦法，那你只好找其他的事。我會持續付錢給寫信的人，要他們閉嘴，就沒事了。」

老闆一派輕鬆地說完，轉動椅子背對中田。中田對著他圓滾滾的後腦勺說：

「如果我突然辭去Grill Isozaki的工作，之後又拒絕其他餐廳的挖角，還開始從事不同行業，業界的人一定會覺得很奇怪。」

老闆搖搖頭。

「如果被人盤問理由，我這麼不中用的人，早晚會露出馬腳。」

老闆轉身回過頭來，不知腦海裡是否浮現所有想得到的可能，面無表情地說：

「你的意思是，你隨便辭了職，情況會更加惡化？」

「好像會這樣，老闆的確英明。」

「從頭整理一下吧。你不能隨便辭職，也不能繼續擔任現在的職位。因為你的良心不允許。」

中田沉默地表達贊同之意。

老闆足足考慮了五秒，然後笑得露出牙齦說：

「那讓你當現在這家店的經理吧！」

「這樣我還是沒能離開這一行啊。身為餐廳經理，還是得站在餐點旁為客人服務。」

老闆又想了五秒。

「那到我旗下其他的飯店工作，你覺得怎樣？當然是經理的職位。一般世俗的眼光，也不會以為你被不當的降職。」

中田鞠了個九十度的躬。

「非常感謝老闆，可是這樣豈不是此地無銀三百兩嗎？更引起人家的懷疑。我對飯店的經營根本是門外漢。如果自行開業也就罷了，身為職員被拔擢的話就──」

終於導入正題。周平事先教他，無論如何最後一定要扯到「如果自行開業也就罷了」。在餐飲界工作的人，或多或少都會懷抱獨立的夢想，所以提出這樣的意願絕不會太過唐突。

中田遵照他的指示，完美演出。

又經過十秒的思索後，老闆說：

「如果我出一筆退休金──」

他口中的白牙更顯閃閃發亮。

「你有決心要自行創業嗎？」

「有！」中田謹慎又篤定地回答。

「那快去找地點。」

「什麼？」

「一定要找很棒的地點。就說這機會是你來拜託我，而我允許你這樣去做，如何？」

這時，中田並沒在演戲，反而喜極而泣地說：

「好像在做夢。」

「考慮你長年以來的貢獻，拿點退休金不至於讓人覺得不對勁吧？也可以讓大家見識見識我的度量。還可以鼓勵其他的員工。」

中田拍手。

「原來如此。真是一石二鳥。」

但他立刻又不安地低垂眉宇。

「話雖如此，老闆。既然你提起了，我覺得還是要考慮到其他員工的想法，老實說，如果我拿到的退休金和他們想像的行情差距太大的話，也會引起懷疑的。如果我拿到足以開創自己事業的大筆金額的話……」

老闆簡短說了句什麼。如果中田沒聽錯，應該是「哼」的聲音。

「你就別擔心了。總有辦法的。」

中田要離開之際，老闆還喃喃地說：

「說起來，這封威脅信還寫得真好啊。不太像是靠女人養的小混混寫的東西。」

「最近的小混混也經常是臥虎藏龍的吧！」中田說。

8

「老師的主意真是太棒了。」

門面寬廣的店裡，仍然混亂不堪。陸續送到的物品，多半都是層層捆包的書籍。現在，中田正神采奕奕在拆解其中一捆的繩索。

這間儉樸的書店位於東京近郊、走五分鐘行經林木圍繞的步道即可到達的新興住宅區一角。

中田決定在這裡開店時，周平曾擔心這樣的地點生意做得起來嗎？不過，仔細打聽之下，才知道今年和明年分別有一所私立大學搬遷到附近。只要成為學區，不管有沒有人看書，至少會有許多學生需要書本。為什麼？為什麼中田會如此精明？

周平手插在褲袋裡，叼了根菸在一旁觀看中田工作的模樣。

「結果，你老闆出了多少？」

「他給了我一千萬退休金。」

「就這麼多？還真吝嗇啊！多恐嚇他一些就好了。」

「老闆私下還拿出一千萬。」

中田流露出孩童在櫥窗前盯著甜甜圈看的表情。

「我覺得老闆是不想開下前例吧？對以前的同事，我始終很小心地說只拿到一千萬。即使如此，他們還是覺得老闆的態度有了一百八十度的轉變。」

中田笑容可掬地說，

「可是，我只不過是一字一句照老師教的說。老師，你事先連老闆會暗地拿錢出來都算到了吧？」

為了掩飾壓抑不住的使壞笑容，周平揚起下巴。

「我想有六成四左右的命中率吧！」

實際上進行得相當順利。

「只要能拗他私下出錢，日後就算我們精心設計的事全曝了光，他也拿我們沒轍。總之，小心駛得萬年船！」

空蕩蕩的書架上最醒目的位置，設計成周平作品的專區。中田看著書櫃的眼神有如虔誠的基督教徒仰望著十字架，然後他望向周平。

「我這一生永遠不會忘記老師的恩惠。」

「我只不過是擬定計畫，實行的是你自己。」

「還有我一定要為那事件中死去的醫生和護士們祈福。」

那則新聞報導，給了周平啟示。

「的確應該如此。」

「只是，我還是有點想不通。」

中田歪著頭說。

「既然要拿B型肝炎當藉口，為何不一開始就讓我提出醫生的診斷證明呢？這樣老師根本不必寫什麼威脅信啦！」

周平笑了一笑。

「那樣的話，那位吝嗇的老闆要你閉嘴，就簡單多了。說不定他會像擦掉文字一樣，很快要你消失。所以，讓他以為外面還有人知道內情是比較安全的。」

中田身體顫抖了一下。

「原來如此。我終於明白了。」

在新鮮紙張與墨水味的環繞下，中田顯得很幸福。很難想像他就是當初那個拜託他「請殺了我」的人。其實周平也覺得很幸福。

「老闆私下給我的錢，我想在書店經營上了軌道後慢慢還清。」

「你還真是個好人啊！」

中田滿臉笑容。如果將臉比喻為酒杯、微笑是香檳的話，中田的香檳就快滿溢出來了。

「倒是老師您，最後一毛錢也沒拿到。」

具知識水準的小混混寫的那封威脅信，當然出自周平之手。至於信中要求的錢，好幾次指定了地點，卻以「有警察」為由，沒一次交款成功，每次都只把老闆耍得團團轉。周平從一開始就打算這麼做。

「那是當然的啦！目的在你的退休金嘛。而且像我這樣年紀的人，隨便就能弄到一筆巨款的話，一定會變墮落的。」

中田毫無顧忌地放聲大笑。

「老師，茶泡好了，請喝。」

中田如此說完之後，周平總算發現，他現在似乎不會再因油墨、紙張、裝潢的牆壁、地板的味道而痛苦不堪。

「對了，我完全忘了，你的病怎樣了？是否好了一些呢？」

「是的，漸漸有起色了，多半是因為鋅與鈣的平衡問題。醫生很興奮的表示，在治好我之前，他就可以完成一大篇論文。當然，論文中不會用我的真實姓名和住址。看來當醫生的也很辛苦。」

不久，傳來紅茶的茶香。中田手裡端來一組茶壺和薄可見光的磁杯，突然說：

「老師，我認為還是古人的訓示偉大喲。」

「喔，為何這麼說？」

「古人們不是常說嗎？」

中田流露出孩子氣般的笑容說，

「人要置之死地而後生，不是嗎？」

宮部美幸作品集—5

鄰人的犯罪

我らが隣人の犯罪

原著作者　宮部美幸
譯　　者　夏淑怡
書封設計　Bianco Tsai

出　　版　臉譜出版
發 行 人　凃玉雲
總 經 理　陳逸瑛
編輯總監　劉麗真
城邦文化事業股份有限公司
台北市中山區民生東路二段141號5樓
電話：886-2-25007696　傳真：886-2-25001952

城邦讀書花園
www.cite.com.tw

發　　行　英屬蓋曼群島商家庭傳媒股份有限公司城邦分公司
台北市中山區民生東路141號11樓
客服專線：02-25007718；25007719
24小時傳真專線：02-25001990；25001991
服務時間：週一至週五上午09:30-12:00；下午13:30-17:00
劃撥帳號：19863813 戶名：書虫股份有限公司
讀者服務信箱：service@readingclub.com.tw
城邦網址：http://www.cite.com.tw

香港發行所　城邦（香港）出版集團有限公司
香港灣仔駱克道193號東超商業中心1樓
電話：852-25086231　傳真：852-25789337

馬新發行所　城邦（馬新）出版集團 Cite（M）Sdn. Bhd.
41, Jalan Radin Anum, Bandar Baru Sri Petaling,
57000 Kuala Lumpur, Malaysia.
電話：603-90563833　傳真：603-90576622
電子信箱：services@cite.my

四版一刷　2023年6月
I S B N　978-626-315-307-3

售價：300元
（本書如有缺頁、破損、倒裝，請寄回更換）

國家圖書館出版品預行編目資料

鄰人的犯罪／宮部美幸著；夏淑怡譯. -- 四版. -- 臺北市：臉譜出版：英屬蓋曼群島商家庭傳媒股份有限公司城邦分公司發行, 2023.06
面；　公分. --（宮部美幸作品集；5）
ISBN 978-626-315-307-3（平裝）

861.57　　112005590